FLORA ROSE

LE CHEMIN DE L'ÉOLE

1 - Will : la rencontre

ÉDITIONS OURANIA

Le chemin de l'Eole. 1 - Will: la rencontre

Case postale 31
CH-1032 Romanel-sur-Lausanne, Suisse

info@ourania.info
www.ourania.info

Illustration de la couverture: Thomas (Tamo)
Conception de la couverture: Maelys Roth, Visuall
Carte p. 12: Alicia Jouve

ISBN édition imprimée 978-2-88913-089-4
ISBN format epub 978-2-88913-659-9
ISBN format pdf 978-2-88913-849-4

Imprimé en France, sur les presses de Sepec numérique

TABLE DES MATIÈRES

A Samuel, mon fils que j'aime,
en souvenir de ton baptême.

PROLOGUE

Cette histoire, c'est l'histoire de mon peuple. Vous auriez pu la lire sur les cernes d'un vieil arbre, celles du séquoia planté au centre de mon village. Car c'est là que les Elfes écrivent leurs mémoires et leurs témoignages. Mais, il vous aurait été difficile d'en déchiffrer le langage et d'en comprendre le sens. Pourtant, chacun des récits que nous écrivons donne sagesse et connaissance à qui sait les lire. Ils rappellent l'alliance avec l'Eole, notre Souverain et mettent en garde contre les maléfices du dragon qui éloignent les peuples du bon chemin. C'est pourquoi, j'ai souhaité écrire cette histoire dans un livre, afin que chacun, quelle que soit son origine, reconnaisse les dangers, mais sache aussi que l'Eole détient les clés de la vie.

Mon nom est Shaëlle, fille de Melia et petite-fille de Fellie. De mère en fille nous sommes des Nymphes. Nées du Souffle de l'Eole sur l'eau des rivières, nous sommes les gardiennes des fleuves et des forêts. Nos larmes attendrissent la terre, soignent et protègent tout ce que le Vent crée en parcourant l'Armel.

Malheureusement, plusieurs d'entre nous furent séduites par le mal. Elles perdirent leurs pouvoirs ou devinrent des sorcières au service du prince : ce dragon qui se révolta contre son Créateur et descendit dans la plaine de l'Armel pour tout détruire.

Il manipula aussi les hommes de toutes races pour qu'ils abandonnent l'Eole et ses bénédictions. Qu'ils soient Humains, Nains, Trolls, Fées ou Elfes, les hommes oublièrent leur allégeance au Souverain de la Montagne. Car l'or, la magie, le pouvoir et les plaisirs les attirèrent plus que la Vie et, petit à petit, plusieurs d'entre eux laissèrent la perle d'éternité s'éteindre en eux.

Par grâce, il subsiste encore un chemin qui mène au sommet de la Montagne pour quiconque désire rencontrer l'Eole et renouveler l'éclat de la perle située au bas de son cou.

C'est ce qui arriva à celui que j'aime. Il monta à la rencontre de son Créateur, qui changea alors son cœur et sa vie. Lorsqu'il redescendit, il fit un rêve, le rêve de celle que l'Eole lui donnerait pour partager sa vie. Il vint me retrouver dans la forêt des Nymphes, où je l'attendais sans le connaître encore.

Je me souviens comme mon cœur battait quand je le vis à travers les feuillages. Cet Humain dont la perle étincelait dans la pénombre. Il avait les cheveux couleur du soleil et avançait dans la nuit, cherchant de son regard franc, ce qui lui était encore caché. Il s'arrêta un instant sous les étoiles qui autrefois le guidaient, mais désormais, c'était l'Eole qui lui montrait le chemin.

Je vis en lui la profondeur d'un cœur qui aime la vérité et qui a goûté à la source du véritable Amour.

Le doux parfum des lys et une brise légère le poussèrent à poursuivre son chemin. Et c'est là qu'il me vit, sous un reflet de lune d'où émanait un arc-en-ciel.

Ce soir-là, l'Eole nous a unis pour la vie, et c'est main dans la main que nous avons traversé la forêt, afin qu'il m'emmène jusqu'à son village.

Les années passèrent, mais l'amour demeura. Dès lors, le monde ne fut pas meilleur, mais la vie plus heureuse, car nos regards se portèrent constamment sur l'Eole.

Au fil des ans, nous avons vu grandir nos enfants. Jusqu'au jour où l'heure fut venue de les voir emprunter, à leur tour, leur propre chemin vers l'Eole.

Je me souviens d'avoir retenu mon souffle avant chacun de leur périple et respiré à nouveau en les voyant revenir rayonnants.

A travers ces lignes, ce sont ces voyages qui vous seront contés. Offerts à qui sait regarder, comme des aides pour faire des choix qui mènent au chemin de la vie, vers un avenir d'espérance.

PAYS DE L'ARMEL

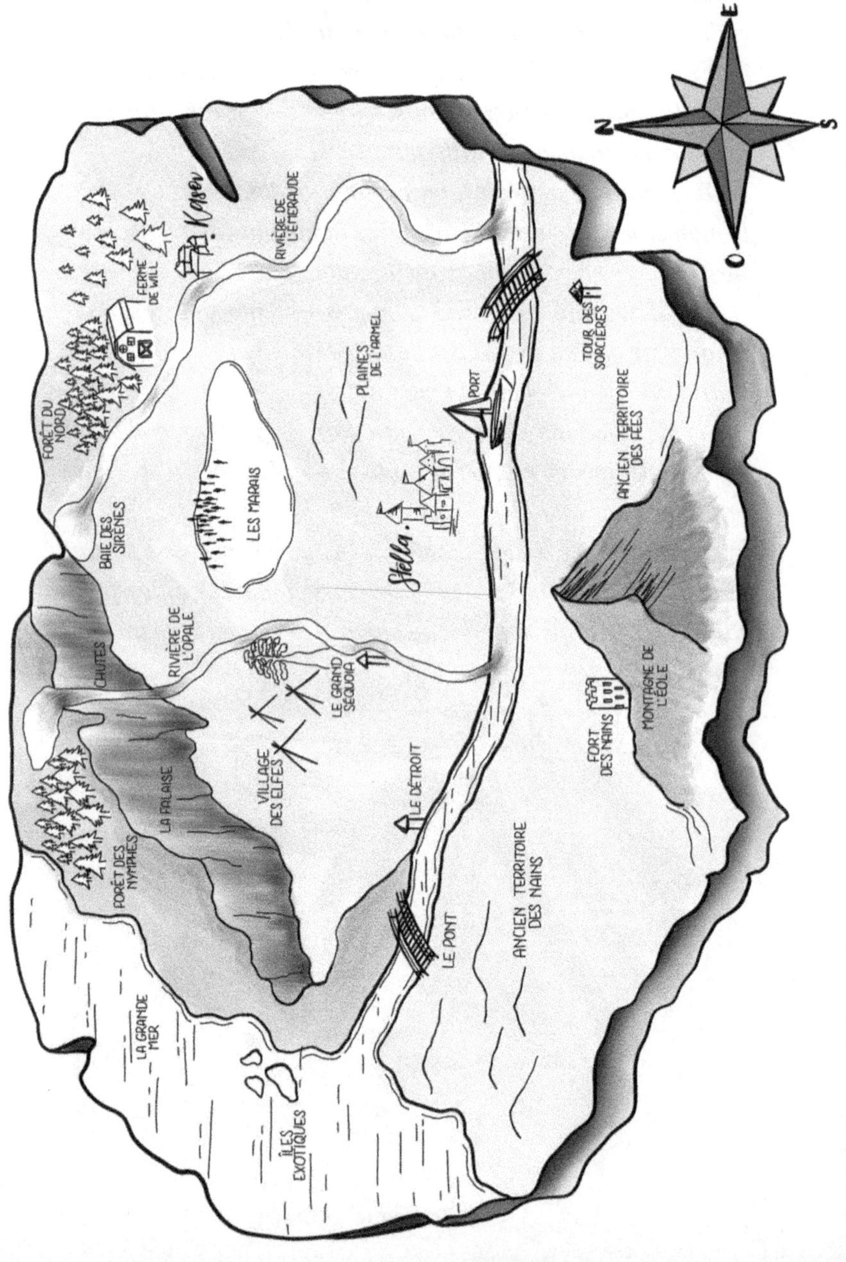

1

JOUR DE MARCHÉ

Le soleil s'était déjà levé depuis longtemps quand Will remua enfin dans son lit. Une mouche tournoyait autour de son visage, lui rappelant qu'il était l'heure de se lever. Agacé, il voulut la tuer en lui assénant une claque... qui atterrit sur son visage. A défaut de toucher sa cible, son geste le réveilla complètement !

Il s'assit en maugréant et enfila sa tunique en jetant un coup d'œil par la fenêtre ; son père, Dan, était déjà en train de trier le poisson. Il valait mieux se dépêcher, s'il ne voulait pas être traité de fainéant.

Quand il était petit, il était pourtant le premier debout. A cette époque, il passait tout son temps dans l'Emeraude, la rivière qui longe leur petite ferme. Il allait souvent y pêcher avec les épuisettes que son père lui fabriquait. Même s'il rêvait d'attraper d'aussi gros poissons que lui, il ne ramenait la plupart du temps que des alevins, ce qui n'enlevait rien au regard plein de fierté que son père lui portait. Il se souvint avec un sourire d'avoir attrapé un jour une chaussure et même... une couleuvre !

Mais les années avaient passé et il avait grandi. Durant son adolescence, son intérêt se porta sur les nouvelles inventions que les marchands présentaient au marché lors de leurs passages dans son petit village de Kasov. Will n'avait évidemment jamais assez d'argent pour s'acheter de telles merveilles ; il restait néanmoins des heures à admirer leurs étonnantes et captivantes démonstrations. Sa passion grandissant, il rêvait du jour où, lui aussi, serait compté parmi les célèbres inventeurs. Son avenir, il le voulait dans la cité de Stella, la ville du progrès. Celle-ci figurait à la pointe de la technologie, de la médecine et de la culture. Elle répandait orgueilleusement la lumière de son savoir sur toutes les contrées de l'Armel.

Will quitta sa chambre pour rejoindre son père. Encore perdu dans ses réflexions, il faillit trébucher dans les escaliers qui menaient à la cuisine, puis il évita de justesse de se heurter la tête à la lampe du corridor. Il n'avait pas encore l'habitude de tenir compte des dix centimètres qu'il avait pris au cours des six derniers mois. Ses pensées s'adoucirent quand il huma le parfum du cacao encore tiède que lui préparait chaque matin Shaëlle, sa mère. Tout compte fait, il était bien content que certaines choses ne changent pas trop ! Il ajouta encore une bonne mesure de confiture sur ses tartines, au point qu'il n'en resta quasiment plus dans le pot pour ses sœurs. Mais il ne s'en souciait guère. Il remit toutefois le couvercle afin que la mouche qui l'avait réveillé ne puisse goûter ce délice !

Will mit ensuite ses chaussures et courut à la rivière où son père l'attendait.

– Ah, te voilà enfin ! J'ai déjà pêché tout le poisson. Tu pensais peut-être que le travail se faisait tout seul ? grogna l'homme.

Will accepta la remarque et se maîtrisa pour ne pas répliquer qu'avec de nouveaux appareils, la pêche se ferait effectivement toute seule....

– Viens m'aider à nettoyer les filets et à préparer le bateau pour que nous puissions aller vendre le poisson à Kasov ! continua Dan de moins en moins renfrogné.

Ils arrivèrent au marché une heure plus tard, après avoir longé la rivière jusqu'au petit port de Kasov. Ils amarrèrent leur embarcation au ponton habituel et portèrent les caisses de poissons sur la grande place, où une vive agitation régnait déjà. Les marchands vantaient la qualité de leurs produits, et les clients se pressaient pour être les premiers servis. Les carrioles des paysans remplies de fruits, de légumes et de fleurs donnaient l'impression d'une grande tapisserie dont les fils colorés se seraient entremêlés pour former un décor de fête. Will appréciait cet endroit plein de vie.

Dan installait toujours son stand entre celui du boulanger et de l'épicier. C'était très astucieux, car cela permettait de masquer l'odeur du poisson qui, bien que frais, n'emplissait pas l'air d'un délicat parfum comme les épices et le pain chaud...

Will aimait partager ces moments avec son père, et en même temps, il ne pouvait s'empêcher de regarder à l'autre bout du marché vers les stands qui exposaient les dernières nouveautés de Stella. Il se sentait tiraillé. Il n'était plus le petit garçon d'autrefois qui adhérait à tout ce que ses parents disaient. Il vivait mal cette impression d'irriter son père en souhaitant quitter Kasov et sa vie tranquille et routinière pour se rendre un jour à Stella. Il avait besoin de nouveauté et de liberté. Il aimait sa famille, mais les principes de son paternel l'agaçaient: ils étaient contraignants. Et d'ailleurs, presque plus personne ne respectait ces vieux codes moraux.

Will savait que ses nouvelles aspirations n'étaient pas appréciées par son père, et il craignait qu'en voulant être réellement lui-même et en empruntant une autre voie, il ne perde avec lui ce lien auquel il tenait tant.

Après avoir vendu du poisson durant un bon moment, il trouva une excuse pour s'absenter et partit à la recherche des stands qui aiguisaient sa curiosité. Il subtilisa, en passant, une brioche sur l'étal du boulanger et la mit discrètement dans sa poche; était-ce par défi ou par habitude? Il n'aurait su le dire.

Son regard s'émerveilla quand il arriva devant les nouveaux appareils exposés sur les stands. Il fut fasciné, notamment, par une sorte de petite soucoupe sur laquelle on pouvait se tenir debout et se déplacer à vingt centimètres du sol. C'était un modèle de démonstration, que seuls les habitants de Stella pouvaient s'offrir. Will, qui ne pouvait s'empêcher de convoiter ces machines, s'imaginait chevauchant les prairies de l'Armel sur l'une d'entre elles. Son rêve se ternit quelque peu lorsque le disque commença à fumer et que les clients, pris par des quintes de toux, se dispersèrent.

Le temps passa vite et il dut retourner, à contrecœur, aider son père au fastidieux démontage du stand. Mais quand il arriva, son père avait déjà presque terminé. Il s'attendait à essuyer un reproche de sa part, mais il fut au contraire bien accueilli et finit de l'aider à charger le matériel dans la barque.

Son père lui lança alors deux pièces en disant :

– Va t'acheter une brioche, pendant que je vais acheter du tissu pour ta mère chez Colombe. Tu as bien travaillé. Je suis content que tu m'accompagnes. Je sais qu'un jeune préférerait dormir... moi aussi, j'ai été jeune !

– Pourquoi deux pièces ? Une suffit... fit Will étonné de la générosité de son père.

– Fais-en ce qui te semblera juste.

Il lui avait souri et fait un clin d'œil, puis s'était retourné pour se rendre chez la couturière.

Will était confus. Son père avait dû remarquer quand il avait volé la brioche, et il lui donnait l'occasion de redonner l'argent. En même temps, une chaleur rassurante envahissait son cœur : son père l'aimait indépendamment de ce qu'il faisait ou non pour lui plaire. Quand il donna la pièce supplémentaire au boulanger, Will ressentit une certaine fierté, non seulement de vivre selon les principes de son père, mais aussi d'avoir su faire le bon choix.

2

UN CHOIX À FAIRE

La bonne odeur des galettes emplissait la maison. Shaëlle, la mère de Will était en train de les préparer avec Claire et Flore, ses deux petites sœurs. Will savait qu'il devait les aider à mettre le couvert, mais il préférait s'amuser à tuer le plus de mouches possible.

– Will, peux-tu aller cueillir des framboises pour garnir les galettes, s'il te plaît? demanda sa mère depuis la cuisine.

– Pourquoi ce serait à moi d'y aller? rouspéta-t-il.

– Ce ne sont pas tes sœurs qui ont fini toute la confiture ce matin!

– On m'accuse toujours, mais ce n'est pas forcément moi! répliqua Will.

– Si tu n'avais pas refermé le couvercle, cela aurait pu être les mouches... se moqua sa mère.

– O.K., j'irai chercher vos framboises, mais il faudra aussi renommer la vache, car elle refuse de donner du lait tant qu'on l'appellera Jacqueline!

Will aimait embêter sa petite sœur Claire qui, à 8 ans, donnait de drôles de noms à tous les animaux de la ferme.

– Et les poules feront la grève des œufs, tant que Will interdira au coq de chanter tôt, intervint Flore pour défendre sa petite sœur.

Will sourit de la répartie de sa sœur et partit de bon gré faire la cueillette. A son retour, le repas put commencer joyeusement. Comme d'habitude, Will orienta les discussions sur toutes les nouveautés qu'il avait vues au marché et Dan rapporta, sur la demande de sa femme, tous les petits potins qui circulaient dans le village. Quand ils eurent terminé, Claire prit la parole et questionna sa famille sur le prénom préféré de chacun. Tous pensaient qu'elle avait l'intention de baptiser un raton laveur ou un loir qui se cachait dans la vieille ferme. Mais quelle ne fut pas leur surprise quand elle déclara avoir recueilli un bébé rokh !

Claire était la cadette de la famille. Il y a quelques années, elle n'osait même pas toucher une fourmi, mais sa phobie s'était vite métamorphosée en passion pour tous les animaux qu'elle rencontrait. Maintenant, elle les apprivoisait facilement, les soignait et pouvait même communiquer avec eux.

– Comment cela un Rokh ? se réveilla soudain son père. Tu veux dire comme le rapace ?

– Oui, le Rokh que j'ai trouvé ! Il était tout seul dans la forêt, alors je l'ai adopté pour qu'il ait une famille ! dit-elle enthousiaste.

– Sais-tu seulement la taille d'un Rokh adulte ? s'exclama son père.

– Mais, il a juste la taille de mon oreiller ! J'ai pu lui faire un nid douillet dans mon lit, fit Claire.

– Dans ton lit!? faillit s'étrangler son père.

– Je pourrai le garder, n'est-ce pas? Dis oui, papa, fit-elle avec sa petite moue enjôleuse. Il est comme toi, un excellent pêcheur, et je suis sûre que tu vas l'adorer. Maman est d'accord.

– Ah, parce que ta mère est au courant? Je suis donc le dernier à savoir ce qui se passe dans cette maison?

Claire fixait son papa de ses yeux remplis d'espoir. Avec ses longs cheveux blonds qui descendaient en cascade jusqu'à sa taille et ses yeux bleu vert, couleur de la rivière Emeraude, elle inspirait tant la grâce et la confiance qu'il devenait naturel de lui faire plaisir. Et effectivement, après un court silence, son père capitula.

– De toute façon, nous avons déjà une vache, quatre poules, un coq et des souris... alors pourquoi pas accueillir un Rokh.

– Merci papa, tu es a-do-ra-ble! dit-elle en le serrant dans ses bras.

– Il se pourrait que je trouve aussi une soucoupe volante qui aurait bien besoin de mes soins, remarqua Will d'un ton malicieux.

– Je doute que tu en trouves une toute seule, perdue dans la forêt! fit son père en riant.

– On ne sait jamais, et l'avantage, c'est qu'elle ne grandit pas, argumenta Will d'un air enjoué.

– Compris Will, on sait quoi t'offrir pour ton anniversaire! sourit sa mère.

Will passa le début de l'après-midi à réparer les filets avec son père, puis décida de se mettre en route pour se baigner à la baie des Sirènes. En chemin, il aperçut sa mère qui s'occupait du potager. Elle avait tiré ses cheveux en arrière, ce qui laissait découvrir ses oreilles pointues qui rappelaient ses origines elfiques. Ordinairement, elle laissait toujours ses longs cheveux noirs les recouvrir, afin de ne pas rappeler aux Kasoviens, l'interminable guerre entre Elfes et Humains. Heureusement, la ferme était à l'abri des regards, un peu à l'écart de Kasov.

Sa mère ne parlait jamais de son peuple ni de son enfance. Will ne s'y était d'ailleurs jamais intéressé, car les Elfes vivaient sans technologie. De plus, on les disait très sportifs et adroits, alors que lui préférait rêvasser dans son lit. Il pensa à sa sœur Flore qui, elle, avait sans conteste hérité de leurs gênes. Elle était très douée en sport et gagnait chaque concours de tir à l'arc ! Pourtant, les Elfes ne l'accepteraient pas, car ses traits étaient ceux de son père. Dans l'Armel, les enfants étaient toujours de la même race que leur père. C'était peut-être pour cela que les Elfes avaient banni Shaëlle quand elle avait épousé Dan. Non seulement ils étaient en guerre contre les Humains, mais ils savaient aussi que ses enfants ne seraient jamais de la race de leur peuple...

Quand sa mère le vit, elle essuya ses larmes et vint à sa rencontre. Will n'était pas surpris de voir sa mère pleurer. En plus d'être une Elfe, elle était une Nymphe et c'est par ses larmes qu'elle adoucissait la terre.

C'est l'Eole qui donnait aux jeunes filles, dès leur naissance le don de soigner les personnes et la nature avec leurs larmes. A l'âge adulte, leurs larmes avaient de très grandes vertus, mais malheureusement, peu de femmes adultes demeuraient nymphes. Car cela impliquait qu'elles fassent allégeance au Souverain de la Montagne à l'âge de 18 ans, et la plupart n'acceptaient pas de soumettre leur vie à la volonté de l'Eole. Elles perdaient alors ce don, ce qui occasionnait également une transformation physique : leurs iris perdaient leur forme étoilée caractéristique des Nymphes.

Shaëlle posa son regard étoilé avec tendresse sur son fils.

– La fleur tombe de l'arbre pour s'en aller au vent. Il faut accepter que les saisons passent, sourit-elle.

– Ce n'est pas parce que la fleur tombe que l'arbre meurt... continua Will, étonné de ce qu'il venait de dire.

Sa mère, surprise par cette réflexion, le regarda et lui sourit avant de terminer sa phrase :

– ...il faut garder confiance et déjà voir les fruits qui seront mûrs à la prochaine saison.

Will resta perplexe. Il n'avait jamais vraiment compris les métaphores de sa mère, mais il se rendait compte qu'il venait lui aussi d'en faire une. S'il commençait à parler comme sa maman, il avait de quoi s'inquiéter !

Shaëlle reprit :

– Il est temps pour toi de commencer ton voyage vers la Montagne de Feu où habite l'Eole.

Will soupira. Ses parents devenaient de plus en plus insistants concernant ce voyage. Du côté de sa mère, le peuple des Elfes était, à ce qu'il savait, très loyal envers le Souverain, mais du côté de son père, les hommes n'avaient pas toujours été proches de l'Eole, et beaucoup avaient travaillé à Stella, la ville du prince. Stan, le grand-père de

Will, n'y avait pas fait exception, jusqu'à ce qu'il découvre, lors de fouilles archéologiques, le livre des Origines. Celui-ci relatait toute l'histoire des habitants de l'Armel et leur alliance avec l'Eole, le Souverain de la Montagne de Feu. Ces récits avaient bouleversé complètement la vie de Stan, qui avait fait le voyage pour rencontrer le Souverain. Il en était revenu enthousiaste et s'était installé à Kasov, où il avait réuni une petite assemblée de villageois qui avaient suivi son exemple. La perle incrustée au bas de leur cou s'était remise à briller et chacun avait épousé une Nymphe.

Cela avait été une période de bénédiction pour tout le village, car les Nymphes utilisaient leurs dons pour guérir les malades et arroser les terres. Ainsi, les moissons étaient bonnes. En outre, chacun pouvait sentir le Vent et bénéficier de ses bienfaits : tantôt il amenait les nuages de pluie, et tantôt il les chassait pour laisser apparaître un soleil bienfaisant.

Mais un jour, le malheur était arrivé. La bibliothèque avait brûlé, faisant disparaître non seulement le livre des Origines qui y était entreposé, mais aussi Stan qui y travaillait. Tous avaient pleuré la perte du brave homme et celle de l'ouvrage, dont ils n'allaient pouvoir reconstituer, de mémoire, que quelques bribes. La communauté avait été minée par le chagrin, mais aussi par la peur, lorsque ses membres s'étaient rendu compte que le prince de Stella se cachait très certainement derrière ce drame. Quelque temps après, même si plusieurs familles se retrouvaient encore régulièrement pour parler de l'Eole, elles ne représentaient plus qu'une minorité.

Will était encore jeune, quand ces tragiques événements s'étaient produits. Il voyait bien combien l'Eole comptait pour ses parents, mais lui n'avait jamais rencontré le Souverain. Il s'était rapidement fait des amis à l'extérieur de ce cercle, et désormais, l'Eole n'occupait presque plus ses pensées.

Will hésita, mais osa demander:

- Est-ce que ce voyage est bien nécessaire? Ma perle brille encore.

- Le Souffle t'appelle, et comme la lumière de ta perle faiblit, tu ne seras plus protégé bien longtemps de l'ennemi, répondit sa mère.

Ces paroles firent frémir Will qui en eut froid dans le dos. Ses parents lui avaient souvent parlé de leur «Souverain» et du «dragon», mais il n'avait jamais rencontré ni l'un ni l'autre.

Petit, comme tous les enfants, il avait cru à toutes ces histoires que lui racontait sa maman. Il avait rêvé affronter, comme son père jadis, tous les dangers jusqu'au Pic où se rassemblent les trois Vents. Mais au fil du temps, ces histoires avaient fini par prendre l'allure de légendes et le concernaient de moins en moins. Il en était venu à penser, comme la plupart des jeunes de Kasov, qu'il n'était pas nécessaire d'aller à la rencontre de ce Souverain pour réussir sa vie. Will avait aussi remarqué que la clarté de sa perle diminuait d'intensité, mais contrairement à ses parents, il ne pensait pas que ce long et périlleux voyage était indispensable pour atteindre la Montagne de l'Eole et renouveler l'alliance avec son Créateur. Il préférait voir en cela, comme la plupart des villageois, une étape qui le mènerait à la vie adulte. Cela était d'ailleurs fêté dignement à Kasov comme l'âge de la raison, promesse d'une maturité qui permettait aux jeunes de faire enfin leurs choix personnels.

Will aurait tout donné pour être dans une famille « normale ». Il n'était pas pressé de rencontrer un inconnu sur une montagne lointaine. Il n'en voyait pas l'intérêt et ce voyage n'annonçait que des désagréments. Et cela uniquement pour satisfaire des traditions ancestrales... N'avait-il pas vu d'autres personnes goûter au bonheur sans cette marche sur les hauteurs ? Et sans être soumis à des principes rigides et contraignants comme ceux de son père ! Will eut un sourire amer à cette pensée, mais se retint de le montrer afin de ne pas peiner sa mère. Il ne laissa non plus rien paraître de ses doutes.

– Tu devrais commencer à préparer tes bagages pour ton voyage, reprit sa mère d'une voix douce. Je sais que l'Eole t'attend et s'impatiente de te rencontrer. Il t'aime plus que je ne pourrais jamais t'aimer et je me réjouis que tu puisses t'ouvrir à cet amour et le recevoir.

Will se demandait comment un Etre qu'il ne connaissait pas pouvait se préoccuper de lui. Il devait pourtant reconnaître qu'une présence bienveillante habitait sa famille et la rendait sereine face aux incertitudes de l'avenir. Il s'étonna de la curiosité qui naissait en lui au sujet de ce Souverain. Cela lui donnait presque envie d'entreprendre ce voyage ! Peut-être pour en avoir le cœur net, mais peut-être aussi pour ne pas passer à côté d'une rencontre aussi extraordinaire avec celui dont ses parents lui parlaient depuis son enfance !

Will ne voulait pas gâcher la fin de son après-midi en se plongeant dans des réflexions. Il promit à sa mère qu'il ferait ses bagages dès que possible, lui fit un signe d'adieu et partit pour s'amuser à la baie des Sirènes, oubliant instantanément tous ses engagements.

3

L'AFFRONTEMENT

Mais en chemin, ses pensées le ramenaient sans cesse à ce voyage vers la Montagne. Il essaya de les chasser, mais en vain. Il repensa à la dernière fête qu'il avait vécue, quelques mois auparavant, durant laquelle une fille du village avait choisi de faire ses vœux et de s'en aller vivre quelque temps dans la forêt des Nymphes. Il était tombé sous le charme de cette jeune fille qui s'appelait Liliane. Elle était radieuse, dans sa jolie robe bleue en dentelle, avec ses cheveux roux qui flottaient au vent et ses yeux vert émeraude. Il n'avait cessé de la regarder, mais avait baissé les yeux dès qu'elle se tournait vers lui. Il devait reconnaître qu'aucune femme ne pouvait rivaliser de beauté avec une Nymphe. Elles dégageaient naturellement une sorte d'aura, que ni maquillage ni parfum ne pouvaient égaler.

Bien que de deux ans plus jeune qu'elle, il avait eu le courage de lui offrir quelques fleurs des champs et de bégayer quelques félicitations pour ses vœux et sa consécration. Elle lui avait souri et avait demandé, en baissant ses yeux magnifiques sur la perle de Will, s'il avait déjà fait le voyage vers l'Eole. Will était devenu tout rouge et s'était retiré rapidement, un peu confus. Certainement le prenait-elle pour plus âgé qu'il n'était et pensait qu'il avait déjà pu rencontrer le Souverain. Comment pouvait-il lui avouer qu'il n'avait que 16 ans et que sa perle brillait encore comme celle d'un enfant...

En pensant à elle, il toucha de sa main la perle qui était incrustée à son cou. Il serait obligé de faire le voyage vers la Montagne, s'il voulait que cette perle reste allumée, signe de l'allégeance qu'il ferait au Souverain. C'est seulement alors qu'il pourrait prétendre épouser une Nymphe. Pourtant, il n'avait aucune envie de faire un tel voyage. Le devrait-il juste parce qu'il avait chaviré sous le regard d'une Nymphe ? Certainement pas... il n'allait tout de même pas parcourir tout l'Armel pour une fille, alors que tant d'autres demoiselles, ici à Kasov, n'en demandaient pas tant pour être aimées.

Lorsqu'il arriva à l'intersection du vieux chêne, une flèche frôla Will et alla se planter dans un tronc d'arbre juste à côté de lui.

– Est-ce que mon grand frère partirait s'amuser sans moi ? lança d'un ton espiègle une jeune fille qui tenait un arc.

C'était Flore, la sœur de Will. Avec ses yeux en amande couleur noisette, elle était ravissante. Sa magnifique chevelure rappelait le bois des pins, sa bouche avait l'apparence d'une fraise des bois et une fine fossette lui donnait un petit air narquois. Sa beauté n'avait d'égal que son grand cœur. Généreuse, elle partageait tout ce qu'elle avait et aidait son prochain du mieux qu'elle pouvait.

Aimée de tous, elle s'épanouissait telle une fleur au doux parfum.

– Arrête tes gamineries, Flore ! Tu pourrais blesser un arbre !

– Tu m'avais promis une revanche à la course. Je suis sûre que je peux te battre !

– Tu rêves ! se moqua Will.

– Alors, le premier dans l'eau de la baie des Sirènes aura gagné !

Flore n'avait pas fini sa phrase qu'elle courait déjà en direction du rocher du Traquenard qui surplombait la baie. Will partit aussi vite qu'il le put : son honneur était en jeu. Il était rapide, mais Flore, pourtant de deux ans sa cadette, était vive et agile, et aucun obstacle ne semblait l'arrêter. Elle sautait, tournoyait, glissait sur les branches. Will prit alors une liane et la lança comme un lasso autour des jambes de Flore, qui trébucha. Il la dépassa en lui faisant un pied de nez et arriva le premier à la baie des Sirènes. Il eut juste le temps d'entendre sa sœur le traiter de tricheur avant de faire un salto arrière dans l'eau fraîche. Il ne laisserait jamais sa sœur gagner, mais il devait avouer qu'elle valait bien dix garçons de son âge.

En ressortant de l'eau, il reçut, en plein visage, une grosse algue empestant la vase.

– Voici ta médaille de tricheur ! le railla Flore en boudant.

– Je n'y peux rien, si tu ne sais pas courir sans tomber !

– Comme si tu ne m'avais pas lancé une liane.

– Ce n'est pas moi, mentit Will.

Soudain, de petits rires joyeux se firent entendre. L'agitation avait attiré les sirènes qui se moquaient de la tête de Will. Flore jeta un coup d'œil à la scène et ne put s'empêcher de rire en voyant les algues vertes qui dégoulinaient sur le visage de son frère ! On aurait pu croire à une grenouille déguisée en clown ! Un peu contrarié, Will plongea pour se laver et sortit de l'eau pour se sécher, alors que Flore retournait à la ferme, encore un peu vexée par la victoire de son frère.

L'air était chaud pour la saison. Will s'allongea sur l'herbe tendre et laissa le vent sécher ses habits. Il avait beaucoup de souvenirs de cet endroit, car il y venait souvent avec sa famille et, enfant, il raffolait de jouer avec les Sirènes. Un vol de libellules aux couleurs vives lui rappela ces moments joyeux. Il commença à rêvasser en observant d'un œil distrait le scintillement de ces demoiselles. Elles ressemblaient à des princesses dansant dans les roseaux. Les saules courbés au bord du petit lac semblaient admirer leur reflet dans l'eau.

Soudain, les chants des oiseaux se turent. La douce brise qui soufflait jusque-là cessa. Le silence. Puis, une ombre passa et cacha un instant le soleil. Un vent violent et un bruit de moteur assourdissant sortirent Will de sa contemplation. Un homme, grand et altier, volait dans sa direction sur... une splendide soucoupe métallique dernier cri. Il regardait droit devant lui, majestueux et fier, sa cape noire brodée de motifs dorés flottant derrière lui. Il atterrit délicatement à proximité de Will, posa pied à terre et d'un mouvement souple accrocha la soucoupe au dos de sa cuirasse qui reflétait le soleil. Tout, en lui, attirait le regard et forçait l'admiration. Will était subjugué, ébahi par le charisme de l'homme, mais aussi par sa technologie hors du commun.

– Elle t'intéresse cette soucoupe, Will? fit le nouveau venu.

– Comment connaissez-vous mon nom? dit Will interloqué.

– J'ai entendu parler de toi, Will, et de tes dons extraordinaires pour inventer et mettre au point de nouveaux concepts.

– Vous êtes l'Eole?

Will, persuadé que le Souverain était venu jusqu'à lui pour lui éviter le fastidieux voyage vers la Montagne de Feu, ne vit pas un éclair d'agacement passer dans les yeux de l'inconnu.

– Je suis le prince de Stella. Ta quête vers la Montagne de Feu est louable, mais souhaites-tu réellement suivre le chemin de ton père?

Le prince parlait d'une voix envoûtante et révélait exactement ce que Will cachait à ses parents: il ne souhaitait en effet pas suivre la voie de son père.

– N'aie pas honte d'être différent ni de t'opposer à tes parents. Je sais exactement qui tu es. Il serait dommage de continuer de gâcher de tels talents. Voilà pourquoi je suis venu: je t'offre une place dans ma prestigieuse école d'ingénieurs à Stella.

Will n'en croyait pas ses oreilles. Le prince lui offrait précisément ce dont il avait toujours rêvé. Le bonheur lui semblait à portée de main. Et il n'aurait pas à fournir le moindre effort en plus... Will aurait dû sauter de joie, remercier chaleureusement le prince et accepter immédiatement cette offre incroyable... mais il n'en fit rien. Il garda le silence un moment: il ressentait un malaise au fond de son cœur. Cela semblait trop facile!

Il remarqua une pointe d'impatience, quand la voix mielleuse du prince reprit:

– Si tu acceptes mon offre, tu obtiendras tout ce que tu souhaites. Et tu pourras en profiter immédiatement! Tu pourras créer des gadgets qui séduiront mon peuple et feront de toi un homme célèbre et fortuné.

En parlant, l'homme marchait d'une manière souple et féline. Longeant la rive de droite à gauche, les yeux rivés sur Will, il faisait penser à un fauve en cage. Le reflet du prince se mira dans l'eau trouble et ondula comme un serpent. A cet instant, Will comprit à qui il avait affaire. En face de lui se tenait l'ennemi dont ses parents lui avaient parlé depuis son enfance. Sa gorge se serra, ses mains devinrent moites et des gouttes de sueur perlèrent sur son front. Comment cet être lumineux, si attrayant et noble, pouvait-il être un monstre des ténèbres?

– Je dois d'abord aller sur la Montagne de Feu! dit Will d'une petite voix. Pourrais-je rejoindre l'école après? demanda-t-il pour tester le prince au sujet de l'Eole.

– Je ne pourrai rien t'offrir tant que tu appartiendras de près ou de loin à l'Eole. Délie-toi de cette entrave que t'ont imposée tes parents! Vis ta liberté! Deviens qui tu es et rejoins-moi!

Il repensa à sa mère qui lui avait rappelé l'amour si profond de l'Eole. Devait-il y renoncer avant même de l'avoir connu? Le regard du prince avait changé, Will y apercevait maintenant de la haine et de la noirceur. L'offre était tentante et les paroles séduisantes, mais la nature du prince était mauvaise; il en avait la certitude.

– Le Souffle est mon Créateur, je ne peux me délier de lui, affirma-t-il.

Il ne prenait conscience qu'en cet instant que cette affirmation était une vérité évidente. Il lui fallut pourtant tout son courage pour prononcer cette simple phrase... cette phrase qu'il avait si souvent entendue, cette phrase que ses parents lui rappelaient régulièrement avant qu'il ne s'endorme le soir.

Le prince changea de stratégie et parla d'une voix basse, insistante et sournoise:

– Tu me ressembles plus que tu ne Lui ressembles, Will. Crois-tu que l'Eole accepte les paresseux, les voleurs, les menteurs et les tricheurs?

Will revit tous les événements de la journée: sa paresse, la brioche volée, ses mensonges et la course gagnée par tricherie. L'Eole le condamnerait certainement. Il se sentait soudain misérable. Comment pouvait-il s'attendre à être accueilli par son Créateur avec autant de mal en lui? Le prince avait réussi à le faire douter. Will se demandait maintenant pourquoi il devrait se priver des richesses du prince si, de toute façon, il ne pouvait pas accéder à celles du Souverain.

Il hésitait. Mais la créature dégageait quelque chose de malsain. Il se rendit compte que le prince s'opposait à tout ce qu'il avait ressenti durant son enfance.

– Non! cria-t-il malgré lui.

Cet être maléfique lui faisait maintenant horreur. Les paroles de ses parents lui revenaient en mémoire. Il n'abandonnerait pas l'espoir, même infime, de rencontrer Celui qui l'aimait depuis toujours.

Will était à présent convaincu d'avoir fait le bon choix, mais il se doutait bien que sa décision le mettait en grand danger...

Dans un rire mauvais, le prince se transforma en un terrible dragon, noir comme la mort. Will, paralysé, tremblait de tous ses membres. Il se sentait comme un fétu de paille face à un ouragan. La puissance de l'énorme bête le terrorisait. Will voyait sa dernière heure arrivée.

Il s'attendait à être transpercé, écrasé ou carbonisé par l'énorme monstre quand, jailli de nulle part, un homme en armure s'interposa entre lui et son ennemi. Après un court moment de surprise, Will vit le dragon se raidir et fixer le chevalier d'un regard tranchant comme l'acier. Puis, avec rage, il l'attaqua. Le combat fut féroce !

Le dragon cracha du feu que le soldat parvint de justesse à arrêter grâce à son bouclier. Les griffes acérées de l'animal attaquèrent sans relâche la cuirasse, mais contre toute attente, elle ne subit aucun dommage. Le monstre essaya de frapper le chevalier avec les longues pointes empoisonnées de sa queue reptilienne, mais l'homme réussit in extremis à les éviter et, dans un mouvement d'une étonnante rapidité, il parvint à planter son épée dans la cuisse de la bête. Cela n'aurait dû avoir, étant donné l'énormité du monstre, qu'un faible impact. Mais de l'épée étincelante se mit à émaner une source intarissable de lumière qui commença à décomposer lentement la chair autour de la blessure du dragon des ténèbres. La bête hurla de fureur. Puis, tout son corps se mit à trembler. Le prince tomba, rampa dans la poussière et, dans un dernier râle de fureur, disparut.

Will trouva la force de se relever et de marcher vers son sauveur. L'homme enleva son casque. Will ouvrit grand les yeux quand, ébahi, il reconnut son père ! C'était son père qui avait combattu le dragon ! Son père, ce simple pêcheur de Kasov ! Comment pouvait-il être ce héros flamboyant ?

Will n'en revenait pas. Paralysé, il sentit son père le prendre dans ses bras et le serrer contre lui. C'est seulement à ce moment-là que Will se laissa aller à pleurer. Il s'agissait de larmes de joie et de reconnaissance, mais aussi de soulagement. Il laissait ainsi sortir toute la tension et la peur qui l'avaient envahi.

Il resta longtemps blotti dans les bras rassurants de son père. Ce n'est que quand son émotion fut apaisée qu'il put le questionner. Toutes les questions qui tournaient dans sa tête sortirent en même temps.

– Comment as-tu fait pour vaincre ce monstre ? D'où vient cette armure ? Où as-tu appris à te battre ?

Son père fit un geste d'apaisement et prit calmement la parole :

– Cette armure apparaît quand j'en ai besoin, le Souffle la conduit et sa lumière l'habite. Je n'ai pas à savoir me battre, Il guide ma main et mes réflexes. Je dois juste Lui faire confiance !

– Le dragon est-il mort ?

- Non ! Ce n'est pas nous qui le ferons mourir, mais sache qu'il est déjà vaincu et qu'il mourra dans son propre feu.

- Je serais tellement rassuré de le savoir mort, soupira Will.

C'est alors que l'armure disparut ! Dan se retrouva en simple habit de travail. Il prit son fils dans ses bras en lui disant :

- Moi aussi, je souhaiterais que le mal ne soit plus, mais crois-tu vaincre ta peur en tuant l'objet de ta peur ? Ne crains pas celui qui détruit, crains plutôt Celui qui a les clés de la résurrection.

Will n'était pas sûr d'avoir tout compris, mais il fit l'effort de mémoriser ces phrases, car il sentait au fond de lui qu'elles étaient importantes.

Ils rentrèrent à la maison. Tous deux savaient qu'il était temps pour Will de partir pour la Montagne. Mais tout avait changé : Will entreprendrait maintenant son voyage en étant convaincu que c'était sa propre décision.

4

LES ADIEUX

Autour de la table, tout le monde était silencieux, conscient que ce repas serait le dernier en famille. C'est Claire qui fut la première à rompre le silence.

– Il va revenir Will? demanda-t-elle d'une voix tremblante à sa maman.

– Bien sûr ma chérie! Regarde ton papa: il a fait le même voyage et il est ici. L'Eole protège ceux qui le cherchent, ne t'en fais pas pour Will.

– Je peux te prêter mon Rokh, dit Claire d'une toute petite voix. Il sait pêcher et peut voler à plus de deux mètres de hauteur! Ce serait pratique pour te guider. En plus, il est gentil, et en le voyant... tu ne m'oublierais pas.

Will prit Claire contre lui et lui chuchota:

– Comment pourrais-je oublier ma petite sœur chérie? Ne t'inquiète pas, je serai de retour avant que ton Rokh ne puisse te porter.

– Tu me manqueras aussi, fit remarquer Flore.

– Ne t'en fais pas, je reviendrai pour la revanche à la course, mais essaie de t'améliorer un peu durant mon absence! dit-il avec un sourire en coin.

Will serra fort ses deux sœurs et essaya de retenir ses larmes. Sa mère lui offrit ensuite une cape verte sur laquelle elle avait brodé l'insigne des Nymphes des forêts. Elle la tendit à son fils en disant:

– Quand tu passeras dans leur forêt, les Nymphes reconnaîtront ce sigle et te défendront des Trolls déchus qui hantent ces lieux.

– Pourquoi ne pas passer par Stella, proposa Will enthousiaste, le chemin est plus court et j'éviterais de rencontrer ces Trolls.

– Will, murmura son père, Stella est bien plus dangereuse que les Trolls déchus. Elle a attiré bien des hommes loin de la Montagne de l'Eole. Et n'oublie pas que le prince y habite...

Will frissonna en repensant au dragon que son père avait combattu. Les lectures qu'on lui avait faites au sujet de cette créature prenaient soudain un sens nouveau. Ce dragon existait vraiment. Il avait été créé par l'Eole avec le feu de la Montagne, mais il s'était rebellé et était descendu pour devenir un dieu parmi les hommes de l'Armel. Plutôt que d'éclairer leur chemin vers l'Eole, il les en détournait. Plutôt que de chercher à les aider et à les protéger, il les corrompait en les entraînant à faire le mal. Il avait sournoisement pris possession des terres des hommes et était devenu le prince de l'Armel, un dragon au feu mortel.

Will déglutit difficilement et dut avouer que ses parents avaient raison. Bien que tenté de voir la ville qui le passionnait depuis si longtemps, il ne devait pas oublier que le prince y régnait et avait fait d'elle sa capitale. Cette cité était devenue pour tout homme un piège redoutable.

Après avoir remercié chacun, Will monta se coucher, mais il ne put dormir. Il n'était pas entièrement remis de l'affrontement qu'il avait vécu face au dragon. Sur le moment, il avait pris conscience de l'urgence de commencer son voyage vers l'Eole, mais maintenant les images du combat le hantaient. Il avait peur. Le dragon avait voulu le tuer. Il l'avait vu si puissant. Il le savait encore en vie! Comment pourrait-il le vaincre s'il le rencontrait à nouveau le long de son chemin? Il serait seul, sans son père pour le secourir.

Comme il n'arrivait pas à fermer l'œil et qu'il se retournait sans cesse sur sa couche, il finit par se lever pour aller boire un verre de lait à la cuisine.

Il y trouva sa mère, affairée à coudre une doublure à sa cape.

– Avec ce rembourrage, tu n'auras pas froid la nuit et tu pourras dormir à la belle étoile, fit-elle avec tendresse.

Will était reconnaissant de savoir qu'au travers de cette cape qui le réchaufferait, il sentirait un peu de la douceur maternelle l'accompagner durant ce voyage.

– Tu n'es pas seul à partir, reprit sa mère. L'Eole accompagne ceux qui voyagent jusqu'à sa Montagne.

– Comment reconnaîtrai-je qu'il est là? Je ne le vois pas. Ce que je ressens actuellement, c'est la crainte du dragon. J'ai vu ce dont est capable le prince... alors que je n'ai que vos paroles pour me rassurer sur la présence de l'Eole à mes côtés et pour me convaincre de sa puissance. Je ne le connais pas, je ne l'ai jamais rencontré, Lui!

Contrairement au dragon, pensa-t-il en frissonnant. Mais il se tut, ne voulant pas transmettre son inquiétude à sa mère.

– Tu l'as déjà rencontré...

Will écarquilla ses yeux d'étonnement.

– On s'attend à le voir dans la force de l'ouragan, continua Shaëlle, mais c'est souvent au travers d'une douce brise qu'Il nous souffle son amour. C'est si léger, que beaucoup ne s'aperçoivent même pas de sa présence...

Will essaya de se remémorer un moment où l'Eole aurait pu être présent dans sa vie. Il se souvint alors de cet air mélodieux qui l'avait accompagné sur le chemin de son premier jour d'école. De ce doux Souffle qui, comme une caresse, avait séché ses larmes à la mort de son grand-père. Il lui revint aussi le souvenir des pensées encourageantes qui lui avaient permis d'affronter l'échec lorsqu'on avait refusé de le laisser intégrer l'équipe d'aviron. Etait-ce l'Eole ? Avait-il perçu sa présence durant tous ces moments ?

Comme si elle lisait dans ses pensées, sa mère lui dit :

– Il était là, et à bien d'autres moments encore. Sur la Montagne, tu auras l'occasion de le voir face à face et tout deviendra limpide. Tu n'auras plus besoin de nos paroles pour croire, car elles habiteront ton cœur.

Will but une gorgée de lait et resta silencieux un moment, avant de répondre, pensif...

– Ça me rappelle les passages que grand-père me lisait dans le livre des Origines !

Ça faisait partie des meilleurs souvenirs de Will. C'était l'époque où grand-père les visitait souvent et après avoir mangé avec eux, il finissait toujours par leur lire un passage de ce livre au coin du feu. C'était avant que l'incendie ne détruise la bibliothèque de Kasov et ne tue son grand-père.

Shaëlle se leva et prit son fils dans ses bras.

– Souviens-toi de ces lectures, cela te redonnera courage. Tu crains le dragon ? C'est normal, il est dangereux. Mais souviens-toi que lui-même craint l'Eole, car il n'est devant Lui qu'une créature, dont le destin est déjà voué à la mort. N'aie pas peur, car c'est l'Eole qui a tout pouvoir sur l'Armel et qui guidera tes pas de manière sûre jusqu'à sa Montagne de Feu.

Will rassuré remonta se coucher et put dormir les quelques heures qui le séparaient encore de l'aube.

5

LES TROLLS DÉCHUS

Tôt le matin, Will prit un copieux petit-déjeuner avant de se mettre en route. Malgré l'heure matinale, ses parents étaient debout et l'accompagnèrent jusqu'au chemin. Sa mère lui fit ses dernières recommandations et son père lui donna quelques pièces puisées dans les économies familiales. Puis ils mirent leur main sur le cœur de leur enfant en signe de bénédiction et restèrent ainsi quelques instants en silence. Will embrassa une dernière fois ses parents et regretta de ne pas pouvoir dire au revoir à ses sœurs, qui dormaient encore. Il se doutait cependant qu'elles étaient en train de le regarder par la fenêtre, évitant ainsi un au revoir triste et pénible. Il fit un petit signe en direction de leur chambre et eut un sourire aux lèvres, quand il vit les rideaux bouger. Puis il se retourna et commença son chemin. Un grand sentiment de solitude l'envahit alors. Il était face à un destin dangereux et inconnu.

Tout semblait si familier: l'odeur des prés fleuris, le chant mélodieux des oiseaux et la clarté du matin. Will dut se rendre à l'évidence: seule sa vie à lui avait été bouleversée. Pour résister à l'envie de faire demi-tour et de courir à la maison, il ramassa un bâton et sifflota quelques airs connus.

Il avait déjà marché depuis près d'une heure et dépassé depuis longtemps la baie des Sirènes ainsi que le rocher du Traquenard, quand il arriva au petit col qui traverse l'Opale, une rivière qui formait, un peu plus loin, les chutes de « la Tête de Chien ».

Il s'accorda un instant de repos et en profita pour se désaltérer. De là, il avait une vue splendide sur toute la vallée. En bas des chutes, le territoire verdoyant des Elfes s'étendait jusqu'au confluent de la rivière de l'Opale et du fleuve de l'Armel. Au loin, il percevait l'étincelante tour d'or de Stella qui brillait au soleil et, encore au-delà, la Montagne de l'Eole. Will retint sa respiration en posant son regard sur le Pic, la destination de son voyage. Comme il lui paraissait lointain ! Il devinait à peine les murailles que les Nains avaient construites sur le flanc ouest.

Will étendit ses bras en accueillant les courants d'air chaud qui montaient du cirque. Comme il aurait voulu être un milan royal et planer au-dessus de ces contrées prodigieuses ! Tout lui serait accessible en un battement d'ailes. Mais il dut sortir de son rêve pour poursuivre son chemin. Devant lui, les rochers formaient une falaise abrupte, et il frémit à l'idée de devoir passer par cet endroit à pied. Heureusement, il constata avec soulagement que le chemin bifurquait dans la forêt. Mais ce lieu représentait aussi la frontière qu'il n'avait jamais eu le droit de franchir à cause des Trolls déchus qui s'étaient installés dans la forêt des Nymphes.

En pénétrant dans ces bois obscurs, il frémit à l'idée de les rencontrer. Il essaya de se détendre en repensant à l'époque où sa mère y vivait paisiblement avec les autres Nymphes. Elle lui avait raconté les rires qui faisaient danser les feuilles des arbres. Il écouta attentivement et observa les mouvements pour y déceler la présence des Nymphes. Puis au détour d'une clairière, il caressa l'écorce d'un chêne, se demandant si celui-ci avait été témoin de la rencontre de ses parents des années auparavant. Serait-il lui aussi amené à revisiter ces bois à la recherche de sa promise ?

Un bruit lointain le fit sortir de ses pensées. Will continua son chemin. Il perçut une agitation qui faisait frémir les feuillages. Des passereaux s'envolaient dans les arbres et des oiseaux jacassaient au loin. Will s'arrêta, un brin plus attentif. L'air devint étouffant. Des bruits de branches cassées lui parvinrent. Quelqu'un approchait.

Inquiet, Will monta dans un arbre pour juger de la situation. Lorsqu'il fut arrivé à mi-hauteur, plusieurs oiseaux fuyant à tire-d'aile un bosquet de noisetiers faillirent lui faire perdre l'équilibre. Il se reprit de justesse et observa les alentours. La forêt, pourtant si calme dix minutes auparavant, s'était emplie d'un vacarme de courses d'animaux, de grognements et de bois qui s'entrechoquaient. En face de lui, les arbres semblaient s'incliner devant le passage d'une énorme bête. Une odeur de pourriture faillit faire suffoquer Will. Ses jambes tremblèrent, ses dents claquèrent et ses mains se crispèrent, quand il aperçut trois Trolls déchus qui humaient l'air dans sa direction. Ils mesuraient près de quatre mètres de haut.

Leur nez proéminent reniflait comme celui des sangliers à la recherche de truffes, mais cette fois, la truffe, c'était lui!

– Tu ne peux pas faire attention où tu mets les pieds, tu me marches sur l'orteil! grogna l'un des Trolls.

– Je peux te le mettre dans le derrière si tu préfères! le nargua le deuxième.

– Essaie un peu et tu auras mon poing en pleine figure! répliqua le premier.

– Arrêtez, tous les deux! grogna un troisième un peu plus velu que les autres. Vous ne sentez pas que nous sommes sur la piste d'un p'tit homme?

Les Trolls déchus se chamaillaient si bruyamment que Will ne s'entendait plus claquer des dents. Ils approchaient de plus en plus, et leur odeur rance lui donna un haut-le-cœur. Il lâcha alors la branche pour se boucher le nez, perdit l'équilibre et tomba à la renverse pour atterrir lourdement aux pieds des trois créatures verdâtres.

Surpris, un des Trolls posa son regard sur Will, qui eut le temps de remarquer que celui-ci avait les iris aussi noirs que ceux du prince.

– Regardez, les fruits de ce sapin: ils sont bizarres non? fit un des Trolls en montrant Will aux autres.

– Ce fruit-là, c'est un p'tit homme, fit le Troll velu en capturant Will qui était pétrifié de stupeur. C'est pour ta pomme si tu ne sais pas reconnaître de la bonne chair fraîche!

– Attends un peu, c'est moi qui l'ai flairé, c'est mon goûter! intervint le deuxième Troll.

Une bagarre commença entre eux. A cet instant, sans demander son reste et oubliant sa fatigue, Will se mit à courir aussi vite qu'il le pouvait. Il ne put pas fuir bien loin, car les Trolls s'aperçurent rapidement que leur dîner était en train de filer. Ils se lancèrent à sa poursuite en poussant des jurons de colère. Grâce à leurs grandes enjambées, ils eurent tôt fait de le rattraper. Mais alors que Will commençait à sentir leur haleine fétide dans son cou, des branches fusèrent de toutes parts et frappèrent les Trolls jusqu'à les renverser. Quand ils voulurent se relever, des lianes enserraient déjà leurs pieds, les empêchant de se déplacer. Will prit ses jambes à son cou et partit sans se retourner. Il entendit un bourdonnement qui faisait penser à des centaines d'abeilles, puis des hurlements et enfin des craquements qui donnaient l'impression que la forêt s'effondrait sur elle-même.

S'étant enfoncé dans la forêt à toute vitesse, Will ignorait tout de sa position et avait évidemment perdu son chemin. Il cessa de courir pour reprendre son souffle. Il avait perdu sa gourde, son sac de provisions et la plupart de ses affaires, mais il avait encore sa bourse remplie de pièces. Il se dit que le plus important était d'être encore en vie et que c'était tout ce qui comptait... Il se mit à errer çà et là, recherchant le petit sentier. Il commençait à perdre espoir, quand, jaillissant d'un arbre, une Nymphe à la chevelure rousse sauta devant lui tel un écureuil. Il reconnut Liliane. Elle lui sourit, lui prit la main et le fit traverser la forêt sans un mot. Will remarqua sa fine silhouette et la douceur de sa main. Etait-ce elle qui était venue à son secours tout à l'heure contre les Trolls ?

Brisant le silence, la petite Nymphe rassura enfin Will.

– Tu n'as plus rien à craindre des Trolls déchus, dit la jeune fille d'une voix chantante. Te souviens-tu de moi? Je suis Liliane. Nous nous sommes rencontrés à la fête!

– Oui, je m'en souviens, balbutia timidement le garçon, ensorcelé par le son mélodieux de cette voix. Je te remercie pour ton aide.

– J'ai tout de suite reconnu le motif des Nymphes sur ta cape. Que fais-tu dans cette forêt remplie de Trolls?

– Je me rends vers le Souverain et mes parents pensaient que la forêt était moins dangereuse que la cité...

– C'est vrai qu'à Stella, tu ne trouveras pas de Nymphe pour te sauver, fit Liliane avec un petit rire.

Will avait plongé dans l'océan de ses yeux couleur azur et sentait le rouge lui monter aux joues. Il la trouvait si belle que s'il avait écouté son cœur, son voyage se serait arrêté là.

– Comme tu avais l'air un peu perdu, dit la Nymphe en battant gracieusement des cils, j'ai décidé de t'escorter jusqu'à l'orée de la forêt.

Will se laissa docilement mener par la jeune fille. Celle-ci avançait d'un pas assuré et sans une seule hésitation. Ils traversèrent les noisetiers, les tilleuls et les lilas comme s'ils se trouvaient dans un jardin féerique. Will ne souhaitant pas que ce moment magique s'achève, regretta qu'ils atteignent si vite la bordure des bois.

La Nymphe lui posa la main sur le cœur et dit:

– Que le Vent souffle pour guider tes pas jusqu'à Lui.

Puis elle ajouta plus doucement:

– Et qu'Il veuille bien, un jour, te ramener à nouveau dans nos bois.

Elle adressa un petit sourire taquin à Will avant de se retourner et de s'éclipser dans les taillis. Il resta là un moment, figé, à regarder l'endroit où elle avait disparu. Il voulait garder le souvenir de cette rencontre... ou plutôt le souvenir de Liliane ! Elle était comme un cours d'eau rafraîchissant et mélodieux. Il sentait encore la douceur de sa main et ne voulait pas oublier sa chevelure qui dansait dans le vent.

C'est en rêvassant que Will longea la bordure de la forêt. Petit à petit, les ombres des épicéas s'allongèrent, la forêt devint silencieuse, la brise fraîche du soir se leva et le ciel s'embrasa, puis s'obscurcit complètement. Il était temps pour Will de passer sa première nuit à la belle étoile. Il trouva un abri de fortune, s'enroula dans sa cape chaude et douce et s'endormit, en rêvant à la jeune fille des bois.

Au matin, il se leva tout endolori par la racine qui lui avait labouré le dos toute la nuit. La faim lui tenaillait le ventre, mais il décida de ne pas perdre de temps à chercher à manger, pensant pouvoir obtenir quelques provisions, plus tard, dans la plaine. Il arpenta le petit sentier escarpé qui serpentait entre les rochers en direction de la plaine des Elfes. Les pierres se détachaient régulièrement sous ses pas, dévalant la vertigineuse falaise. Plus d'une fois il dérapa, se rattrapant de justesse aux herbes et aux racines, afin d'éviter de chuter dans le vide. Will commençait à ressentir des douleurs aux genoux et aux chevilles. Les gros efforts consentis se faisaient sentir. Le soleil tapait fort, son front était en sueur et sa vision se troublait. Il n'y avait nul lieu où s'abriter, et le manque d'eau et de nourriture augmentait son malaise. Mais il lui fallait avancer, coûte que coûte, en évitant de regarder l'impressionnante distance qui le séparait encore de la plaine. Il avait perdu la notion du temps. Tel un zombie, les lèvres sèches, il mettait un pas devant l'autre, ne voyant plus la fin de son parcours.

Quand Will arriva enfin sur le rocher plat qui marquait la fin de l'important dénivelé, il s'écroula de fatigue. La gorge en feu, il rampa vers un petit cours d'eau providentiel pour s'abreuver. L'eau fraîche lui donna l'impression de revivre. Il reprit courage devant le sentier ombragé qui s'ouvrait à lui. Il atteindrait bientôt un village.

Will s'apprêtait à se mettre en route, lorsqu'une bête noire et velue surgit de derrière un buisson et lui sauta dessus. Il se recroquevilla sur lui-même, s'attendant au choc avec l'animal. Rien! Il se redressa doucement et vit une éclatante lumière scintillant tout autour de lui, le protégeant de ce loup féroce. Les babines retroussées dévoilaient les dents pointues de l'animal qui rageait de ne pas pouvoir franchir cette barrière étincelante. Will, qui avait déjà vu des loups, comprit que l'animal qui se dressait contre lui n'en avait que l'apparence; l'esprit était celui d'un monstre.

Il croisa le regard noir de la bête et reconnut la haine et la fureur qu'il avait perçues chez le dragon. Le démon frappa, mordit, griffa, grogna contre le mur de lumière, mais en vain.

Au loin, un Elfe siffla pour rappeler le loup. Quand il s'approcha, Will vit que celui-ci devait avoir à peine 10 ans. L'air faussement contrarié, l'Elfe dit à la bête :

– Tu ne dois pas effrayer les voyageurs ! Tiens, va chercher le bâton !

Le loup s'en alla comme un chien, chercher le bout de bois que le garçon lui avait lancé. Une fois l'animal parti, l'Elfe se tourna vers Will et dit :

– Désolé, j'espère qu'il ne vous a pas fait trop peur. Je sais qu'il peut paraître impressionnant. Mais c'est un bon chien de garde et il est inoffensif.

Will n'avait pas eu peur, il avait été terrifié ! De plus, il doutait que ce « chien » puisse être réellement inoffensif.

– Je m'appelle Jared, fit le petit Elfe en faisant frétiller ses oreilles pointues. Tu viens de loin ? Tu as traversé la forêt des Nymphes ? Tu as vu des Trolls déchus ?

Will allait répondre, mais quand il se mit debout, il eut des vertiges. Il fit un pas en arrière, trébucha et bascula dans un ravin. Une forte rafale de vent dévia heureusement sa chute, sans quoi sa tête aurait violemment heurté les rochers situés juste à côté. Les buissons touffus amortirent l'impact, et Will, qui aurait pu mourir, ne fit que perdre connaissance.

6

LE CLAN DES ELFES

Quand Will ouvrit les yeux, il vit qu'il était couché sur un lit, dans une hutte en bambou. Il reconnut Jared qui, tout content de le voir se réveiller, s'exclama :

– Papa, papa ! Il se réveille !

Un Elfe élancé, aux traits durs et froids, entra dans la hutte. Will vit avec horreur qu'il était suivi du loup qui l'avait attaqué. Il voulut se lever pour fuir, mais sa vue se troubla et il s'évanouit à nouveau.

C'est un doux parfum sucré qui le réveilla le lendemain matin. Il resta les yeux fermés, s'imaginant être de retour à la maison devant un bon lait chaud et des tartines à la confiture. Le rêve s'interrompit quand il entendit la voix du petit Elfe s'écrier :

– Si tu ne te réveilles pas, je mange tes tartines !

Will sourit, le petit glouton avait le même humour que sa petite sœur Claire. Il soupira, sa famille lui manquait tant... Il passa ses mains sur son visage pour effacer cette image nostalgique et ouvrit les yeux.

– Je savais bien que personne ne pouvait rester endormi devant une tasse de lait au sirop d'érable! s'exclama l'Elfe en sautillant de joie.

Will cligna des yeux et se redressa doucement sur le lit, puis s'assit. Sa tête tournait un peu et ses nombreuses écorchures aux bras le piquaient légèrement. Mais il était en vie. Et, comme il aimait à se le rappeler durant ce voyage, c'était tout ce qui comptait.

Il huma l'agréable odeur du lait chaud et remercia le jeune Elfe aux cheveux blonds tout ébouriffés. Ses yeux rieurs et sa joie communicative le réchauffèrent autant que les quelques gorgées du doux breuvage qu'il avala.

Le petit garçon prit un air solennel et déclara:

– Je m'appelle Jared, fils de Verena, petit-fils d'Anaëlle. Mon père, Kaleb, est le chef du clan des Elfes, et en son nom, je peux dire que notre peuple est très honoré de la présence d'un Immortel parmi nous!

Will ne comprenait pas pourquoi on l'appelait «Immortel». Il voulut se présenter en retour et le questionner, mais il n'en eut pas le loisir, car l'Elfe sévère qu'il avait vu avant de s'évanouir entra dans la hutte.

Au grand soulagement de Will, le loup n'était pas à ses côtés.

Le père de Jared se plaça solennellement devant Will et prit la parole d'une voix très officielle:

– Je m'appelle Kaleb, fils d'Anaëlle, petit-fils de Léanne. Je suis le chef du clan des Elfes.

– Je m'appelle Will, fils de Shaëlle, petit-fils de Mélia qui ont toutes deux vécu parmi vous.

– Votre mère a quitté le village, lorsque j'étais encore enfant, mais j'ai bien connu votre grand-mère jusqu'à son décès, voici quatre lunes, attesta Kaleb sans la moindre chaleur dans la voix.

– Je vous remercie de m'avoir offert un abri pour me reposer, fit Will ne sachant s'il pouvait esquisser un sourire dans ce climat si peu avenant.

– Je vois que vous vous portez mieux, même si nos remèdes n'ont pas semblé très efficaces sur vous.

Le contraste entre Kaleb et Jared était frappant. Le chef du clan dégageait une prestance sévère, presque froide. Will en avait la gorge sèche et sentait que sa respiration se crispait. Pour se donner du courage, il posa un instant le regard sur le petit Elfe jovial qui illuminait la pièce par sa seule présence.

Will dut cependant affronter le regard d'acier de Kaleb lorsque celui-ci reprit la parole :

– J'ai remarqué que mon chien vous indisposait, et c'est pourquoi je l'ai laissé à l'extérieur.

– Votre ch... chien ? bégaya Will.

– C'est vrai qu'ils peuvent faire penser à des loups, mais ils sont dociles et nous protègent de nos ennemis. Cela fait des années que nous les apprivoisons pour nous défendre efficacement contre l'armée de Stella.

Will avait entendu parler de la longue guerre entre les Elfes et les Stelliens. Etonnamment, dix ans auparavant, une trêve avait été conclue dans des circonstances peu claires et après de brefs pourparlers. Cette trêve, même si elle était encore en vigueur, demeurait très fragile. Will comprit la complexité politique de sa situation. Même s'il était de descendance elfique, il faisait tout de même partie du peuple de leur ennemi ! Il comprit mieux l'absence de chaleur de Kaleb.

– Votre cape, reprit Kaleb comme s'il soumettait Will à un interrogatoire, a l'insigne des Nymphes des bois...

– Et je t'ai vu... le coupa Jared en s'empourprant, euh... je vous ai vu être porté par le Vent durant votre chute dans le ravin. C'était incroyable !

Masquant mal une légère irritation d'avoir été interrompu, Kaleb reprit :

– Vous êtes donc un Immortel, probablement en voyage pour l'Eole. J'imagine donc que vous n'êtes pas de Stella. J'espère pour vous que c'est bien le cas. De quel lieu êtes-vous originaire ?

La tension était palpable. Will avait l'impression d'être interrogé comme un espion qu'on aurait capturé en territoire ennemi. Le regard perçant de l'Elfe, qui semblait pouvoir lire dans ses pensées et y chercher une quelconque conspiration avec leur ennemi de Stella, le mettait mal à l'aise. Kaleb, méfiant, le soumettait à un interrogatoire strict, afin d'avoir une confirmation claire que leur hôte n'était pas venu pour les espionner. Will savait pertinemment que les Stelliens étaient de la race des Humains, comme lui et son père, et qu'il ne devait en aucun cas mentionner que ses ancêtres avaient travaillé dans la cité de Stella ! Il devait au contraire se concentrer pour que ses réponses dissipent toute ambiguïté !

C'est donc un peu anxieux qu'il répondit :

– Comme je vous l'ai dit, je m'appelle Will et je viens de Kasov. Je n'ai rien à voir avec Stella. Comme vous le savez, ma grand-mère Melia et ma mère Shaëlle sont nées dans votre village.

– Shaëlle a pourtant quitté son peuple pour épouser un Humain, fit Kaleb d'un ton cassant.

Will se rendit compte que même les quelques arguments qui lui restaient jouaient en sa défaveur... Il reprit cependant:

– Ma mère a encore de la famille dans le camp et espérait que j'y serais accueilli, reprit Will comptant sur ses liens familiaux avec les Elfes.

– Nous ne gardons aucun lien avec les Elfes qui partent dans les villes des Humains, fit Kaleb hautain.

Will se sentait de plus en plus nerveux. Comment Kaleb pouvait-il demeurer si froid! Pourquoi ne reconnaissait-il pas les liens de sang que Will avait avec les Elfes?

Il se rendit compte qu'il se trouvait dans une autre culture, une culture qui lui était inconnue, malgré ses liens de parenté. Ne sachant plus comment argumenter pour obtenir les faveurs de l'Elfe, ne trouvant aucun point commun pour communiquer avec lui, il se sentait démuni.

Will était dépité! Non seulement il avait le sentiment d'être rejeté et méprisé comme sa mère avait dû l'être avant lui pour avoir épousé un Humain, mais il avait aussi l'impression que les dés étaient jetés et que toute défense de sa part ne servirait à rien. Puisqu'il avait l'apparence d'un Humain, il était automatiquement un traître.

C'est à ce moment-là qu'entrèrent deux Elfes qui auraient pu avoir l'âge de ses grands-parents. Will vit avec soulagement que l'un était une Nymphe et que l'autre avait sa perle qui brillait...

Kaleb les laissa passer et annonça:

– Alvira, voici le garçon qui se dit de la famille de ta sœur Melia.

L'Elfe aux yeux doux s'accroupit pour être à la hauteur de Will, qui était toujours assis sur le lit.

– Je suis si heureuse de te rencontrer, tu dois être mon petit-neveu, le fils de Shaëlle! Je suis Alvira, la tante de ta mère, et voici mon époux Jehiel. Et toi, comment t'appelles-tu?

Cette douceur fit presque monter les larmes dans les yeux de Will. Mais il n'eut pas le temps de répondre, car Kaleb interrompit la discussion.

– Il s'appelle Will, et vous le verrez tout à l'heure au Conseil des Anciens, mais pour le moment, je souhaite l'interroger.

– Nous nous reverrons tout à l'heure, fit Alvira gentiment.

Avant qu'ils ne quittent la hutte, l'autre Elfe, Jehiel, s'adressa encore à Kaleb pour lui dire:

– Si tu ne veux pas reconnaître sa parenté avec les Elfes, c'est ton droit! Mais il ne fait aucun doute qu'il fait partie des Immortels.

Will n'avait toujours aucune idée de ce qu'étaient ces Immortels, mais il était bien content que Jehiel et Alvira aient autant d'influence pour le défendre et le protéger de Kaleb.

Une fois les deux Elfes repartis, Will se retrouva à nouveau devant le chef, et la tension remonta.

– Je peux admettre que vous êtes un Immortel, mais qu'est-ce qui vous a conduit à passer par notre village?

Maintenant, il n'est plus question de mentir. Shaëlle sait comment nous «accueillons» les Humains qui s'invitent parmi nous! fit-il sèchement.

Will déglutit avec peine. C'est vrai que sa mère lui avait parlé de la protection des Nymphes dans la forêt et non de celle des Elfes... Sans cette chute dans la falaise, il ne serait pas là...

- Si vous êtes bien un Immortel qui se rend vers la Montagne de Feu, reprit l'Elfe, il aurait été plus simple, en tant qu'Humain, de prendre la route de Stella. Pourquoi être passé par notre village, si ce n'est pour espionner? questionna Kaleb d'un air soupçonneux.

- Ste... Stella est la vi... ville du prince, bégaya Will. En tant que serviteurs du Souverain, mes parents m'ont interdit de passer par un territoire ennemi... et malgré vos différends avec ma mère, elle a toujours eu plus confiance en vous, conclut-il en espérant avoir été suffisamment éloquent.

Kaleb hocha la tête, apparemment convaincu par les explications de Will.

- Très bien, fit le chef des Elfes, que le dernier argument avait touché. Alvira et Jehiel, en qui j'ai confiance, font partie du Conseil. Je vous emmènerai vers le Conseil tout à l'heure, et on verra en quoi vous pourrez nous être utile.

Il continua pensivement:

- Un Immortel peut toujours nous servir. Nous n'en croisons plus guère, car les voyageurs en chemin vers l'Eole se font rares. Et pour notre part, cela fait des années que nous ne sommes plus allés voir le Souverain.

– Pourquoi ne plus y aller? osa demander Will.

– Nous avons choisi d'autres voies de salut, et nous ne pourrions plus trouver grâce devant le Souverain. Il nous brûlerait pour nos fautes. Jehiel est le dernier Immortel du clan.

Will ne put s'empêcher de constater une certaine tristesse dans la voix de Kaleb, qui contrastait avec la froideur de son attitude. Cela piqua sa curiosité, et il se promit d'en savoir plus sur l'histoire de ce peuple, histoire qui était aussi en partie la sienne.

– Je vous laisse le temps de prendre votre repas, puis je vous accompagnerai à la salle du Conseil pour un entretien.

Quand Kaleb eut quitté la chambre, Will resta pensif. L'hospitalité des Elfes était toute relative et il n'avait aucune idée de ce qui allait se passer. Il comprit qu'il y avait très peu de différence entre sa situation et celle d'un prisonnier...

Mais il était encore en vie, et c'était tout ce qui comptait!

Will fut brusquement sorti de ses pensées quand Jared s'exclama:

– Je suis tellement content d'avoir vu un Immortel!

– Je ne suis pas un Immortel. Pourquoi répètes-tu cela?

– Parce que c'est ce que nous apprenons depuis notre enfance.

Jared se redressa et, tout fier, récita par cœur:

Par-delà les plaines, la Montagne de l'Eole s'élève.
Là-bas, le début et la fin ne font qu'un.

Aucun impur ne peut y gravir les marches,
Seuls les élus parviendront là-haut.
Des Immortels qui vivront le bonheur éternel.

Will connaissait ce poème. Son grand-père le lui avait lu dans le livre des Origines. Cependant, il en avait une tout autre interprétation. Will n'avait jamais entendu dire qu'il faille être parfait ou immortel pour aller vers l'Eole. Il put lire l'étonnement de Jared quand il tenta de lui faire comprendre sa façon de voir le Souverain. Les yeux de l'Elfe s'agrandissaient au fur et à mesure de l'explication. Le garçon buvait les paroles de Will comme de l'eau fraîche d'une oasis.

– Je suis une créature de l'Eole tout comme toi, affirma Will. Mon père m'a dit qu'un chemin avait été creusé dans la Montagne donnant l'accès à l'Eole pour qui souhaite y aller.

– J'aimerais tellement que ce soit encore valable pour les Elfes, soupira Jared. Mais depuis la génération de mon père, plus aucun d'entre nous ne s'y rend. La Montagne nous fait peur, nous sommes impurs et le Vent gronde notre jugement à son sommet. Il est si puissant qu'Il nous terrifie.

– Je ne suis pas parfait non plus, continua Will, j'ai fait bien des bêtises, crois-moi ! Pourtant, ma mère m'a affirmé que l'Eole m'aimait inconditionnellement et qu'il souhaitait toujours me rencontrer.

Jared s'était tu et son regard s'était rempli de larmes. Son petit nez couvert de taches de rousseur se retroussa légèrement et ses oreilles effilées s'inclinèrent un peu en arrière. Will eut soudain pitié de ce peuple qui vivait physiquement si près de l'Eole, mais qui en était si éloigné dans leur cœur. Il caressa les cheveux miel de Jared, puis lui prit la main pour la poser contre la sienne.

– Regarde, ma main est juste plus grande que la tienne, mais nous sommes pareils. Nous sommes comme des frères. Et si je gravis cette Montagne, tu pourras y monter toi aussi.

Le visage de l'Elfe s'illumina, ses grands yeux bleus pétillèrent et son petit nez frétilla. Soudain il fit un bond, sortit de la hutte pour chanter à qui voulait l'entendre que l'Immortel était son frère.

Will leva les yeux au ciel: Jared n'avait pas encore compris l'essentiel... Mais au moins, il n'était plus triste.

7

LE CONSEIL DES ELFES

Will finit son repas. Il avait si faim, qu'il l'apprécia grandement, même si son lait au sirop d'érable avait refroidi. En sortant de la hutte, il dut s'habituer à la lumière du soleil, puis il contempla les champs et la plaine qui s'étendaient jusqu'à la rivière de l'Opale. Au-delà ondulaient quelques collines qui cachaient la cité de Stella, mais qui laissaient fièrement émerger l'orgueilleuse tour recouverte d'or. Plus au sud s'élevait l'imposante Montagne de l'Eole, qui lui sembla soudain à la fois si proche et si lointaine.

Il dut serrer les dents pour ne pas montrer la douleur qu'il ressentait à chaque pas. Kaleb, qui n'était pas dupe, lui tendit un bâton en lui expliquant que, étonnamment, leurs poudres de guérison ne semblaient avoir aucun effet sur lui. Will s'en étonna aussi, puisque les remèdes des Elfes étaient réputés dans tout l'Armel. Il se souvint cependant que ses parents refusaient de les utiliser, car, disaient-ils, ils étaient imprégnés de magie.

Tout en essayant avec peine de suivre la cadence imposée par son hôte, Will observait le village. Le grand Elfe progressait rapidement entre les huttes d'où quelques villageois intrigués sortaient pour les saluer sobrement en inclinant légèrement la tête. La vie semblait très simple, comme à Kasov, mais on sentait que la guerre avait laissé des traces. Les Elfes l'observaient avec une certaine méfiance et Will ne vit que peu d'enfants jouer aux alentours des petites huttes. Mais les vieillards n'étaient pas plus nombreux, certainement le tribut dû à la guerre...

Ils passèrent le long de l'avenue principale du village où un petit marché se tenait. Will remarqua avec étonnement que des mages et des voyants agitaient leur pendule en préparant des décoctions aux odeurs étranges. Il perçut des incantations mystérieuses et fut surpris de voir que des amulettes avaient été accrochées au cou de la majorité des Elfes sur leur perle d'éternité qui ne brillait plus.

Il refusa gentiment l'aide d'une Elfe qui vint lui proposer une pierre magique de protection et une potion pour l'aider à marcher. Elle sembla froissée, peut-être même vexée, mais ne répondit rien et s'en alla.

Will ne put s'empêcher de demander à Kaleb :

– Je vois que la magie est répandue dans le village. N'êtes-vous plus soumis aux lois du Souverain, qui proscrit toutes ces pratiques ?

Quelque peu gêné, Kaleb répondit :

– Nous n'appelons pas cela de la magie. Les Elfes sont simplement à l'écoute de la nature.

Will n'avait pas la même interprétation de ce qu'il voyait, mais il ne voulut pas offusquer le chef du clan sur ce sujet.

Ils s'éloignèrent quelque peu du village pour arriver sur un terrain accidenté, manifestement prévu pour les entraînements militaires. Des Elfes, autant hommes que femmes, s'exerçaient au combat. Ils exécutaient des duels rapprochés à une vitesse stupéfiante et avec une dextérité remarquable. Ils maniaient l'épée si aisément que leurs affrontements ressemblaient à une danse.

Kaleb s'arrêta, attentif aux progrès de ses troupes. Son visage se teinta d'une pointe de fierté. Les combattants redoublèrent alors d'efforts pour mériter le regard approbateur de leur chef. Will remarqua l'autorité qui se dégageait de Kaleb et vit combien ses troupes le respectaient. L'Elfe avait non seulement la prestance d'un leader, mais devait aussi être un redoutable et puissant guerrier vu l'imposante musculature qui se dessinait sous sa tunique de velours.

Ce fut ensuite au tour des archers d'être inspectés. Leur précision et leur vitesse d'exécution étaient si impressionnantes, qu'il n'avait jamais vu de meilleurs tireurs. Même Flore, pourtant excellente, n'arriverait pas à rivaliser avec un seul d'entre eux. Satisfait, le chef de clan valida les tirs des archers d'un imperceptible hochement de tête.

Kaleb invita Will à reprendre leur marche jusqu'à la salle du Conseil qui était nichée sur les hauteurs vertigineuses d'un séquoia. La vue de ce gigantesque arbre millénaire, aux branches comme des bras puissants portant le ciel, impressionna Will. Il remarqua, étonné, que des épis de blé et plusieurs objets en bois avaient été soigneusement entreposés au pied du tronc. Il s'agissait certainement d'offrandes censées apporter la protection et les faveurs de cet arbre extraordinaire, tel un intercesseur entre ciel et terre.

Ces rites ressemblaient trop à de la superstition pour convaincre un esprit scientifique semblable à celui de Will. Il se demanda pourquoi les Elfes se détournaient tant de la sagesse de l'Eole. Il croyait ce peuple encore loyal au Souverain. La guerre avait dû provoquer bien des remises en question et engendrer de nombreux compromis... Mais aller jusqu'à prier un arbre pour ses bonnes grâces... Puis, son jugement se retourna contre lui, quand il songea à ses propres compromis: quelle place prenait la technologie dans sa vie?

Le hurlement des loups le tira brusquement de ses réflexions. Les muscles de Will se raidirent à la vue des colosses qui montaient la garde. Will rassembla tout son courage pour traverser cette place jusqu'à l'ascenseur qui les emmènerait à la cabane perchée dans l'arbre. Il frissonna en se remémorant l'attaque du loup. Il regarda tous ces Elfes qui n'avaient aucune conscience du danger. Comment se pouvait-il qu'un peuple réputé si sage, puisse être si aveugle?

Kaleb fit une tape pour calmer un des chiens qui se montrait plus agressif.

– Toujours pas amis à ce que je vois... ça viendra, dit-il en se moquant.

Will entra dans l'ascenseur sans dire un mot. Il fut surpris de voir la machine actionnée par un seul loup. D'où lui venait cette force herculéenne? Par quelle magie pouvait-il soulever un poids bien plus lourd que le sien?

Will en était à présent sûr, l'animal n'était ni un chien ni un loup ! Mais que pouvait-il bien être ?

L'ascenseur les mena sur un palier à plus de quinze mètres de hauteur. Lorsqu'ils en sortirent, Will, impressionné par le vide, dut se tenir à une barrière. Puis il entra dans la hutte du Conseil. Neutre et très peu décorée, elle était pourvue, en son centre, d'une table sur laquelle étaient gravés les noms des Anciens. Comme il put lire onze noms, il s'étonna de ne voir, autour de la table, que dix Elfes, dont Kaleb. Tous étaient debout. Will sentit que les Elfes devaient toujours se considérer comme étant sur le pied de guerre. Il reconnut Alvira, qui était la seule Nymphe, et Jehiel, le seul Elfe à avoir une perle brillante. Ils étaient aussi les plus âgés du Conseil.

Kaleb ouvrit la séance du Conseil en disant :

– Bien que nous ne soyons actuellement pas au complet – Verena n'est pas encore de retour des pourparlers annuels engagés avec les Stelliens pour le maintien de la trêve –, il m'a semblé important d'organiser une rencontre particulière, afin de vous présenter notre visiteur.

Les Elfes le regardèrent avec un mélange de curiosité, de mépris et de crainte.

– Voici l'Humain qui est arrivé dans notre contrée. Je me suis assuré qu'il n'était pas de Stella. Il se nomme Will et est le petit-fils de Melia, petit-neveu d'Alvira, ici présente.

Will remarqua l'effort de Kaleb pour ne pas le présenter comme le fils de Shaëlle, que tous, hormis Alvira et Jehiel, considéraient comme une étrangère, voire une traîtresse, parce qu'elle avait épousé un Humain.

– Will, reprit Kaleb, est un Immortel en voyage pour la Montagne de Feu. Il est passé par la forêt des Nymphes, est descendu par le chemin de la falaise et est tombé dans le ravin à l'orée de notre campement. Mon fils promenait son chien et a clairement vu le Souffle agir et dévier la chute de ce jeune homme pour que sa tête ne heurte pas les rochers. Je l'ai accueilli dans ma hutte, car je pense qu'un Immortel peut nous être favorable.

Sa déclaration sembla accueillie avec réticence par la plupart, mais Alvira et Jehiel mirent la main droite sur leur épaule, inclinèrent la tête et dirent :

– Sois le bienvenu, jeune voyageur. Tu es une réjouissance pour nous, les plus âgés, dont l'alliance avec l'Eole est encore la source de lumière.

Alvira ajouta en regardant le reste de l'assemblée :

– Et un espoir pour que la jeune génération ne vive plus dans l'ignorance de l'Eole.

Les autres membres du Conseil sentirent la pique d'Alvira, qui les confrontait, une fois de plus, à leur éloignement d'avec l'Eole. Ils commencèrent alors à parler en elfique et à faire des gestes montrant leur désaccord avec l'accueil qu'Alvira et Jehiel venaient de réserver à Will.

Will comprenait aisément leur crainte quant à ses origines humaines, mais avait du mal à comprendre en quoi son voyage les dérangeait tant. Il en déduisit que les Elfes plus jeunes, contrairement aux aînés – dont la perle brillait – ne semblaient pas enclins à renouer une alliance avec l'Eole. Sa mère lui avait parlé des Elfes comme étant très attachés au Souverain. Que s'était-il passé pour qu'ils s'éloignent ainsi de leur croyance d'origine ? Pourquoi la sorcellerie, qui était contraire aux désirs du Souverain, avait-elle autant de place dans le village? D'où sortaient ces loups hostiles? Que négociait une Elfe dans la ville du prince? Will avait beau se creuser la tête, il ne trouvait aucune réponse cohérente à ces questions.

Quand il sortit de sa réflexion, deux clans bien distincts s'étaient formés, et Kaleb dut faire le médiateur pour calmer leurs velléités agressives en imposant le silence.

Il reprit:

– Le temps n'est pas aux querelles. Des Elfes meurent ou disparaissent chaque jour. Le mal n'est pas à nos portes, mais dans nos murs. Alors, je vous prie d'avoir des remarques constructives et de parler dans le langage des Humains.

– Si demander l'aide de l'Eole peut nous sauver, nous devrions l'envisager, fit Alvira avec conviction.

– Pourquoi un Humain plaiderait-il notre cause auprès de l'Eole? fit un Elfe. Ne devrait-on pas le considérer comme un espion?

– Il est... aussi de notre famille, fit Alvira un peu mal à l'aise. Même s'il a les apparences d'un Humain, il a très certainement hérité la loyauté des Elfes.

Will comprit que, sans l'intervention de la Nymphe, il risquait de devenir le prisonnier des Elfes. Elle essayait de convaincre le Conseil, non seulement de son innocence, mais aussi de la nécessité de le laisser repartir et poursuivre sa route vers l'Eole. Il lui en fut reconnaissant. Il aurait souhaité le dire, mais il sentait qu'on ne lui donnerait pas la parole... Il fit alors un léger signe de la tête pour donner son consentement... pour ce que ça valait!

– Et pourquoi s'en remettre à nouveau à cette vieille croyance ? s'exclama une autre Elfe. Nous nous sommes battues pour gagner notre liberté en tant que femmes. Je ne tiens pas à revenir à l'époque où nous devions quitter nos terres à 18 ans, sans être sûres de pouvoir y revenir un jour. Ce garçon en est la preuve. Shaëlle a écouté la volonté de l'Eole et s'est alliée à l'ennemi. Est-ce cela l'aide que nous apporte le Souverain ?

Will n'avait pas conscience, jusque-là, de ce que servir l'Eole avait coûté à sa mère. Son peuple l'avait méprisée et bannie !

Il comprenait mieux la colère des femmes elfes, qui ne voulaient pas subir le même sort. Mais était-ce la faute de l'Eole si les Elfes rejetaient les Nymphes qui épousaient des Humains ?

La discussion s'enflammait et, en écoutant un des Anciens parler, Will eut la confirmation que les Elfes n'avaient plus confiance en l'Eole.

– Ce n'est pas le Souverain qui nous a permis de prendre l'avantage dans la guerre contre les Stelliens, releva un Ancien, mais l'alliance avec une sorcière. Pourquoi ne pas se reposer sur elle ?

Si des sorcières avaient été présentes dans le village, Will comprenait mieux d'où sortaient la magie et les sortilèges qu'il avait vus !

Une des Anciennes prit la parole :

– C'est vrai, mais il faut rappeler que le véritable ennemi est le prince de Stella. C'est lui, la source de la guerre éternelle entre notre peuple et les Stelliens.

– On dit qu'il a kidnappé de jeunes Trolls pour les enrôler dans son armée et attaquer les Nymphes des bois, ajouta un autre Ancien.

Jehiel profita du fait que l'accusation se détournait de Will pour argumenter en sa faveur :

– Nous savons que le prince de Stella ne recule devant rien pour gagner ses combats. Il est donc tout à fait possible qu'il soit responsable de la disparition de nos jeunes. Laissons donc repartir ce garçon, plutôt que de nous rendre coupables d'un même fait que celui que nous reprochons à notre ennemi.

L'argument sembla avoir touché l'assistance, qui se tut.

Will était fébrile. Sa liberté, ou son emprisonnement, se discutait là, devant lui, sans qu'il ne puisse rien y faire. Allait-il pouvoir repartir, ou son voyage allait-il s'arrêter sur la plaine des Elfes ? Il ne pouvait déceler le moindre indice sur le visage impassible des Anciens.

Après un moment qui sembla durer une éternité pour Will, Kaleb prit la parole :

– En effet, nous ne pouvons pas nous rendre coupables en emprisonnant un Immortel, d'autant qu'il est, en partie, de notre lignée. Nous allons donc tester sa loyauté envers les Elfes et l'envoyer comme espion à Stella. En tant qu'Humain, il sera autorisé à entrer dans la grande bibliothèque, où il pourra consulter les archives et vérifier si les Stelliens ont capturé nos semblables. Puis, il poursuivra son voyage vers l'Eole et demandera au Souverain de se souvenir de nous et de nous dire à quelles conditions Il peut nous accorder son aide.

Un silence se fit. Puis Kaleb reprit:

Que les Anciens qui sont en accord avec ma proposition acquiescent.

Tous les Elfes acquiescèrent. Will s'étonna qu'aucun d'eux ne s'oppose à cette décision ou, au moins, ne s'abstienne. Il prit conscience de l'importance de la loyauté chez les Elfes, non seulement envers leur chef, mais aussi envers l'unité du clan.

Kaleb déclara:

– Le Conseil a décidé que Will pouvait repartir pour se rendre sur la Montage de l'Eole. A condition qu'il intercède en notre faveur devant le Souverain et qu'il passe par la cité de Stella pour découvrir dans les archives de la bibliothèque si le prince de Stella a quelque chose à voir avec la disparition de nos Elfes. Ainsi nous avons dit!

Tous les Elfes mirent une main sur l'épaule et répondirent:

– Ainsi soit-il!

La séance était levée, et personne n'avait pensé à demander à l'intéressé son accord, ou même son avis, sur la question. Ces Elfes étaient bien des prétentieux. Considérant les membres des autres races comme inférieurs, ils n'avaient aucun scrupule à les employer comme de vulgaires machines d'espionnage ou comme ambassadeurs dans les hauts lieux.

Will se leva en colère en pensant déjà à tout ce qu'il dirait à l'Eole sur ces Elfes aux grands airs. Au lieu de plaider en leur faveur, il pourrait tout aussi bien Lui parler de tout ce qu'il avait vu... et cela n'arrangerait pas leurs affaires, bien au contraire!

Il ne vint pas à l'esprit de Will que les Humains avaient fait pareil, sinon pire, avec les Fées, en occupant leur territoire et en les envoyant servir les vacanciers fortunés sur les îles…

Will prit une grande respiration pour se calmer. Il s'aperçut alors que l'idée de pouvoir visiter la grande cité de Stella ne lui déplaisait pas tant que ça. Puisqu'il y était contraint, il s'accommoderait de ce petit détour…

8

LE VRAI VISAGE DES LOUPS

Le lendemain matin, Will se sentait beaucoup mieux. Il n'avait presque plus mal à la jambe et pouvait même un peu sautiller. Avant de se mettre en route, Will enleva sa cape et la laissa dans la maison de Jared, afin d'éviter de montrer ses liens avec les Nymphes dans une cité comme Stella. Inquiet pour le jeune Elfe, il fit promettre à Jared de ne plus s'approcher des chiens jusqu'à ce qu'il revienne. L'enfant le lui promit sans vraiment comprendre pourquoi, mais cela suffit pour que Will parte confiant. Pourtant, il aurait dû être rassuré en se souvenant que Jared, comme tous les enfants de l'Armel, avait toujours sa perle protectrice qui brillait à son cou.

En sortant de la hutte, il se fit rattraper par Alvira, qui lui demanda de s'asseoir un moment pour discuter.

– Ça m'ennuie que le Conseil t'ait demandé d'aller à Stella. Ta quête de l'Eole est bien plus importante et je veux que tu saches que tu es libre d'aller où bon te semble. Les Elfes n'ont aucun droit de te mettre une quelconque pression.

Will fut touché qu'Alvira remette en cause une décision unanime du Conseil, pour lui laisser sa liberté. Il retrouvait en elle la douceur et la sagesse de sa mère et cela lui fit du bien. Cependant, il rêvait d'aller dans la cité et maintenant qu'il tenait une excuse, il ne la lâcherait pas.

– C'est très aimable de me laisser cette liberté, fit Will, mais ce ne sera qu'un petit détour.

– Ce petit détour peut être très dangereux, reprit Alvira en fixant Will dans les yeux. Le prince de Stella y réside et cherchera à briser ta relation à l'Eole. Tu ne dois pas le sous-estimer ! Il est sournois et rusé et en a déjà détourné beaucoup !

– C'est à cause de lui que les Elfes se sont éloignés du Souverain ? demanda Will.

Alvira baissa tristement les yeux en signe d'assentiment.

Will reprit :

– Avant de venir dans le village, je pensais que les Elfes étaient proches du Souverain. Que s'est-il passé ?

– Après que ta mère a fait ses vœux et est partie dans la forêt des Nymphes, les jeunes filles ont cessé de faire alliance avec l'Eole. Elles ne voulaient plus quitter le clan et prendre le risque d'épouser des hommes venant d'autres peuples. Tu dois comprendre que les Elfes sont fiers de leur clan, et que si une Nymphe épouse un étranger, il lui est alors interdit de revenir au village.

– Comme pour ma mère ! fit Will songeur.

– Exactement.

– Elle a toujours été un peu triste de ne plus pouvoir vous rendre visite. Pourtant, il me semble qu'elle n'a jamais regretté d'avoir fait ses vœux et qu'elle a eu une vie heureuse parmi les Humains.

– Je n'en doute pas, fit Alvira en souriant, peu importe où l'on se trouve, puisque le bonheur se puise dans l'amour de l'Eole.

Will ne comprit pas très bien cette phrase, mais il en avait l'habitude avec les discours de sa mère. Il dit à son tour :

– Et une Nymphe reste une Nymphe, peu importe où elle se trouve...

Alvira sourit à la remarque et reprit :

– C'est juste, mais Verena, la femme de Kaleb, ne voulait pas risquer de perdre sa place dans le clan en faisant ses vœux. Elle créa donc un mouvement qui conduisit toutes les jeunes Nymphes du village à renoncer à servir le Souverain.

– A Kasov, cela s'est passé il y a bien longtemps... fit Will. La plupart des jeunes Nymphes choisissent, à leurs 18 ans, de devenir humaines. Il faut dire que le prince de Stella les y incite en organisant chaque année une gigantesque fête dans la cité. A cette occasion, les jeunes filles qui décident d'abandonner leur statut de Nymphe, obtiennent le droit de citoyenneté et des privilèges importants.

– Tu vois combien le prince de Stella est dangereux ! soupira Alvira.

– Mais cela ne concerne que les Nymphes ! ajouta rapidement Will qui se rendit compte que la discussion sur le caractère sournois du prince pourrait finir par le dissuader d'entreprendre le voyage vers Stella...

– Ne crois pas que le prince ne souhaite que la perte des Nymphes, reprit Alvira, elles sont, pour lui, la première forteresse à franchir. Après la chute des Nymphes, combien d'hommes resteront fidèles à l'Eole ?

Il y eut un silence.

– Mais les Elfes ont aussi perdu leur relation à l'Eole à cause de leur manque de confiance envers le Souverain, reprit Alvira. En cherchant leur salut ailleurs, ils ont déformé ses paroles. Leurs oreilles ne comprenaient plus et leurs yeux ne percevaient plus la volonté du Souverain. Elle a alors été perçue comme un fardeau dont il fallait se libérer. La Montagne est devenue une source de peur, de jugement alors qu'elle avait été, jusque-là, un lieu de rencontre.

Will repensa à la comptine de Jared sur les Immortels, qui était si mal comprise. Il revoyait sa petite frimousse s'illuminer quand Will lui avait expliqué que le Souverain l'accueillerait lui aussi. Will ressentit de la tristesse pour ce peuple. Sa gorge se serra quand il se souvint de la tristesse perçue dans la voix de Kaleb lorsque celui-ci parlait de la Montagne de Feu. Le prince avait réussi, de toute évidence, à détourner ce peuple de la lumière et lui avait fait perdre toute espérance.

Une colère monta alors en Will, qui refusait de laisser ainsi « son » peuple – qu'il considérait comme sien depuis à peine une journée – continuer à vivre dans la peur et le mensonge !

Alvira, devinant sa colère, lui dit :

– C'est pourquoi, il ne te faut pas aller à Stella. C'est trop dangereux. Va plutôt sur la Montagne et demande à l'Eole comment redonner la vue aux Elfes pour qu'ils combattent le vrai combat.

Will irait très certainement sur la Montagne pour plaider en faveur des Elfes, mais il ne ressentait pas de danger à passer par Stella. Après tout, c'était une ville où vivaient des centaines d'Humains comme lui. Will trouva donc une façon aimable de terminer la discussion sans inquiéter Alvira, et sans pour autant abandonner son projet de visiter Stella.

Il lui dit en prenant le ton le plus rassurant possible :

– Je te remercie pour tes conseils avisés. J'en tiendrai compte et je serai particulièrement sur mes gardes. Et quand j'irai sur la Montagne, je parlerai à l'Eole en faveur de ton peuple.

Voyant, qu'il était inutile d'insister, Alvira se leva, posa sa main sur l'épaule de Will et lui souhaita bonne chance.

Le garçon fut touché par la tendresse qu'Alvira lui témoignait. Il sourit à l'Elfe et lui fit un signe de la main. Puis, il partit en direction de la rivière de l'Opale, laissant derrière lui l'Elfe soucieuse.

Arrivé à l'Opale, il vit une Elfe jouer avec un chien. Inquiet, il ralentit l'allure et les observa un instant. Elle lançait un bâton que le loup allait docilement chercher. En passant à sa hauteur, Will ne put s'empêcher de lui dire d'être prudente, car cet animal pouvait être dangereux. L'Elfe éclata de rire et montra à Will comment le chien pouvait faire le beau, se coucher et lui donner la patte. Elle se moquait des avertissements de Will, car elle voyait tout cela comme un jeu, un spectacle, un passe-temps. Ne pouvant la convaincre, Will continua son chemin, laissant derrière lui les rires de l'Elfe jouant avec son « toutou ».

Quand il arriva vers la rivière, les deux sentinelles de la tour de garde descendirent vers lui. Ils devaient l'aider à manœuvrer le mécanisme pour tourner le pont jusqu'à l'autre rive. C'était un procédé ingénieux, qui permettait aux Elfes de placer le pont au-dessus de la rivière seulement quand ils souhaitaient y passer. Sans le pont, cette frontière naturelle était efficace pour tenir les ennemis hors du village des Elfes. Will sourit en voyant qu'ils possédaient aussi une certaine « technologie ».

Alors que Will était arrivé sur l'autre rive et qu'il observait les sentinelles retirer le pont, son regard fut attiré au loin par le loup qui jouait avec l'Elfe. Il allait s'en retourner quand il vit, avec effroi, le loup engloutir la pauvre Elfe, d'un seul coup de gueule. Cette dernière ne cria même pas, stupéfaite que son chien puisse se retourner contre elle. La tragédie se passa si vite, que Will crut avoir rêvé, ou plutôt cauchemardé... Il était paralysé de stupeur. Trop loin de la scène du crime, il ne pouvait plus rien faire pour sauver l'Elfe. Le loup redressa la tête, fixa Will d'un regard mauvais et se mit à courir dans sa direction. Horrifié, Will recula. Le loup, arrivé vers la berge, n'eut pas besoin du pont; il sauta et atterrit devant Will. Les sentinelles, croyant que le chien avait décidé d'escorter le garçon, ne furent pas alarmées et remontèrent sur la tour. Hypnotisé par le loup qui s'approchait babines retroussées, hanté par la scène à laquelle il venait d'assister et subjugué par la force herculéenne de l'animal, qui venait d'un bond de franchir la rivière, il ne vit pas le halo lumineux qui venait de se former autour de lui. Déjà effrayé, il frissonna en entendant les grognements se changer en voix: la bête parlait. Elle le menaçait même.

– Nous n'apprécions pas que tu cherches à nous démasquer, nous et la magie des lieux. Tu devrais faire plus attention à tes réflexions, car tous n'ont pas ta protection. Nous sommes plus puissants que tu ne l'imagines.

D'un bond, le loup repartit vers la tour de garde. Will, encore tremblant, poursuivit son chemin, mais il sentait toujours le regard noir de la bête peser sur lui. Encore choqué, il faillit trébucher plusieurs fois dans les hautes herbes et sursautait au moindre bruit. Le soleil était déjà haut dans le ciel et il marchait depuis un bon moment, lorsqu'il se rendit compte qu'il était suivi. Etait-ce le loup? Il sauta se mettre à l'abri derrière une butte et attendit, le souffle court, que l'animal apparaisse. Les herbes bougèrent et, soudain, à son grand soulagement, Will vit la tête de Jared surgir au-dessus des herbes et regarder à l'horizon.

– Qu'est-ce que tu fais là? s'énerva-t-il presque.

– Vous êtes un Immortel et vous m'avez dit que je pourrais aussi aller à la Montagne de Feu, s'exclama Jared avec obstination. Alors me voilà!

– Arrête de m'appeler ainsi! fit Will agacé. Et tu n'as pas besoin de me vouvoyer. Il n'est pas question que tu viennes: ta perle brille encore complètement, tu n'as donc pas l'âge pour te rendre à la Montagne.

– C'est qu'il y a un âge pour rencontrer le Souverain? questionna Jared en ouvrant de grands yeux.

Will était très embarrassé par la question, car ne se l'étant jamais posée, il ne savait rien à ce sujet.

Il répliqua:

- Là n'est pas la question. D'ailleurs, je dois d'abord passer par Stella et ce ne sera pas une balade de santé, il y aura de nombreux dangers pour un jeune Elfe comme toi, commenta Will.

- Je peux mettre un bandeau autour de ma tête pour que l'on ne voie pas mes oreilles, dit malicieusement Jared. Et comme tu m'as demandé de ne pas m'approcher des chiens... je suis sûr de ne pas en voir à Stella! argumenta le petit Elfe.

Will sourit de voir cet enfant si déterminé et prêt à tout pour aller à la Montagne. Les arguments de Jared n'étaient pas très convaincants, mais il devait bien avouer qu'il appréciait beaucoup Jared et que sa compagnie lui faisait plaisir. Il s'était très vite attaché à ce petit Elfe spontané et avait à cœur de protéger son village de ces loups sanguinaires. Il se laissa donc convaincre de le prendre avec lui et résolut fermement qu'une fois arrivé à Stella, il achèterait tout le matériel nécessaire pour se débarrasser de ces bêtes diaboliques et protéger le village des Elfes.

En chemin, Will et Jared apprirent à mieux se connaître. Will s'étonna d'entendre Jared lui dire que sa mère avait été la première à dresser les loups.

- Ta mère, Verena, est maintenant dans la cité de Stella? questionna Will.

- Oui, elle y va une fois par an pour...

Jared s'interrompit.

– ... je n'ai pas bien compris ce qu'elle y faisait, mais c'est important pour la trêve avec les Stelliens, finit-il par dire fièrement. Peut-être qu'on la verra quand on sera là-bas...

La cité n'était guère loin et après avoir gravi une petite colline, ils distinguèrent déjà clairement les portiques de la ville. Jared s'était arrêté pour ajuster son bandeau. Ils s'assirent et Will s'informa auprès de Jared sur les mystérieuses disparitions des Elfes. Il apprit que les Elfes avaient ratissé les bois en pensant que les Trolls déchus étaient les responsables, mais les Nymphes leur avaient assuré qu'aucun Elfe ne s'était aventuré aussi profondément dans la forêt. Kaleb avait encore envoyé des éclaireurs dans la plaine de l'Armel, jusqu'aux abords de Stella. Mais quelques jours après, les chiens qui devaient les protéger, étaient rentrés sans leurs maîtres. Ils en avaient conclu que les Elfes disparus devaient être prisonniers des Stelliens.

Contrairement aux Elfes, Will en déduisit que les loups devaient être à l'origine des disparitions, et non les Stelliens. L'épisode de la rivière et les menaces de la bête ajoutaient à la crédibilité de son hypothèse. Mais les Elfes l'avaient envoyé en mission pour trouver des informations qui accuseraient les Stelliens. Will aurait de la peine à prouver que les Stelliens étaient innocents et encore plus à accuser les braves « toutous » du village.

Ils reprirent leur marche et Jared raconta encore combien il se réjouissait du jour où il fêterait ses 16 ans. C'est en effet durant cette année qu'il hériterait des terres et de la responsabilité de prendre certaines décisions en tant que futur chef du clan.

Mais pour cela, il devait faire des actes de bravoure et montrer qu'il était un véritable guerrier. Le petit Elfe perdit soudain son allure vive et enjouée. Il commença à traîner des pieds et à arracher quelques herbes qu'il entortillait entre ses doigts. Will se rendit compte de son malaise et comprit que le garçon doutait certainement de sa valeur. Le souvenir du visage quasi impassible de Kaleb devant les prouesses de ses troupes, inclinant juste la tête pour approuver le combat des valeureux guerriers, lui donnait une petite idée du niveau à atteindre pour être estimé par son père. Il aurait voulu expliquer à Jared que son père l'aimait et était certainement fier de lui, mais que ce visage dur cachait probablement bien des souffrances passées et des angoisses face à l'avenir. Il eut beau réfléchir, il ne trouva pas les mots. Voyant le petit garçon si déprimé, il le réconforta en lui promettant de faire son possible pour retrouver les captifs de Stella et affirma qu'ils rentreraient ensemble au village en héros.

9

STELLA, LA GRANDE CITÉ

Quand ils arrivèrent devant les imposantes portes ornées de motifs dorés, les gardes, qui se tenaient de chaque côté de l'entrée, les laissèrent passer sans problème. Etonnamment, il faisait déjà sombre dans la cité, alors qu'on était en plein milieu de la journée. Will leva la tête et remarqua qu'un léger voile de smog s'étendait sur la ville. Avant qu'il ne s'interroge sur la provenance de cette brume, son regard fut attiré par une immense arche qui enjambait la rue de part en part, et sur laquelle était inscrit le nom de tous les plus célèbres inventeurs... Will était fasciné par cette architecture grandiose et il admirait ces érudits prestigieux.

Une voiture, pilotée par un robot, s'arrêta devant eux. Celui-ci tourna la tête et demanda :

– Chers visiteurs, souhaitez-vous profiter des services précieux et peu chers de Stello le tacot ?

– Euh... oui ! dit Will un peu hésitant et surpris de cette demande.

Le robot poursuivit :

– Bien ! Je peux vous proposer une visite touristique de la ville pour seulement 5 pièces, un tour au marché pour 2 pièces, la bibliothèque pour 1 pièce, l'Hôtel de ville pour...

– La bibliothèque, ce sera parfait ! l'interrompit Will.

– Vous n'avez pas dit « stop », je ne peux donc pas tenir compte de votre demande.

Le robot reprit l'énoncé de sa liste d'activités et finit par dire :

– Un autre trajet ?

– Oui, euh... STOP, oui, volontiers, le trajet vers la bibliothèque, dit Will qui commençait à perdre patience.

– La bibliothèque ne peut pas être retenue dans la fonction « autre », reprit le robot, car elle a été mentionnée avant dans la liste. J'espère que vous avez été content des services de Stello le tacot. Au revoir !

La voiture s'en alla, les laissant là, ahuris et un poil agacés. Ils n'avaient pas marché deux mètres, qu'un autre véhicule s'arrêta et commença le même discours. Dès que le trajet vers la bibliothèque fut proposé, Will et Jared s'écrièrent « STOP ! » en même temps, avant de pouffer de rire. La petite automobile les transporta jusqu'à destination en zigzaguant dans les rues bondées de la cité. Will n'avait jamais vu de tours aussi modernes. Tout brillait et semblait sortir de ses rêves les plus fous. Le bolide s'arrêta et s'accrocha à un rail qui les propulsa au sommet d'un bâtiment circulaire, puis il se laissa glisser sur une sorte de toboggan. Avec l'inertie, les deux garçons se retrouvèrent le dos au plafond du véhicule.

– Waouh ! Quel carrousel ! s'exclama Will.

Arrivés à destination, ils remirent 1 écu pour faire un nouveau tour. Ils s'amusaient comme des fous et faillirent en oublier leur mission.

– Vous voilà à destination pour la troisième fois, voulez-vous recommencer le trajet ou êtes-vous satisfaits des prestations de Stossio, le petit robot?

Will préféra descendre du véhicule avant que celui-ci ne se mette à disjoncter et se sentit tout bête en se voyant remercier un appareil.

Arrivé au pied de la bibliothèque, il fut surpris de voir que le bâtiment était d'un style très ancien avec des colonnades et des corniches en pierre de grès. Son aspect était à l'opposé de celui de la grande tour au centre de Stella, qui était en acier doré lisse et brillant. Pourtant, les deux bâtiments, à leur façon, étaient aussi imposants l'un que l'autre. L'un s'élevait jusqu'au ciel, symbolisant certainement le progrès et les recherches scientifiques, culturelles et politiques tournées vers l'avenir, tandis que l'autre, solidement enraciné, était la mémoire de Stella et attestait de son passé glorieux.

Ils entrèrent dans le hall de la bibliothèque. Will en eut le souffle coupé. L'intérieur ne ressemblait en rien à l'extérieur. Il était ultramoderne, aux dimensions gigantesques. Ici, pas d'escaliers feutrés ni d'allées étroites. Cela n'avait vraiment rien à voir avec une bibliothèque traditionnelle. Les gens se déplaçaient grâce à des plateaux circulaires qui pouvaient voler et qui les menaient directement vers les endroits souhaités pour visionner les documents archivés. Comme les deux garçons semblaient perdus dans ce grand espace et ne savaient pas comment procéder, un hologramme providentiel apparut devant eux. Il représentait une femme élégante, vêtue d'un petit tailleur et coiffée d'un chignon. Elle était tellement réaliste que Jared passa sa main au travers pour s'assurer que ce n'était pas une vraie personne.

– Merci de tenir la main de votre enfant, afin qu'il ne détériore pas le matériel, dit l'hologramme d'une voix monocorde.

Will prit la main de Jared et, pour être sûr que sa théorie sur les loups était correcte, il demanda s'il pouvait avoir des informations sur d'éventuels prisonniers elfes dans la cité.

– Consultation des archives de la police, une minute s'il vous plaît.

Tout était informatisé, et il ne fallut que quelques secondes pour qu'un disque métallique d'environ deux mètres de diamètre glisse doucement jusqu'à eux et les transporte vers un clavier numérique surmonté d'un grand écran.

Ils visualisèrent les documents proposés, mais ne trouvèrent nulle mention d'Elfes captifs. Cela n'étonna pas Will: d'une part, parce qu'il se doutait déjà que les Stelliens n'étaient pas à l'origine des rapts, mais aussi parce que ces informations sensibles avaient probablement été supprimées des fichiers publics. Il testa sa théorie en demandant des renseignements sur l'enlèvement d'enfants trolls. A sa grande surprise, la liste de tous les enfants, leur âge et leur nom s'affichèrent.

– Pourquoi montrer des informations compromettantes? pensa Will tout haut.

– Les Humains sont si prétentieux et se sentent si supérieurs à toutes les autres races qu'ils ne voient pas de mal à disposer des autres peuples ! s'exclama spontanément Jared.

Will, se rappelant la façon humiliante dont les Elfes l'avaient traité, regarda Jared ironiquement. Il pouvait bien parler de la prétention des Humains, lui qui appartenait au plus fier des peuples ! Jared se rendit compte de l'énormité du cliché qu'il venait de dire... de plus à un Humain ! Rouge de honte, il bredouilla que ce n'était valable qu'autrefois, pour certains habitants de Stella seulement. Will lui fit un clin d'œil pour le rassurer et il continua ses recherches. Il ne trouva rien ! Pour continuer à prospecter, il demanda à Jared quelle était la date de l'expédition elfique qui avait vu disparaître le groupe d'éclaireurs.

– C'était il y a un mois environ. Il y a plusieurs disparitions qui se passent généralement quand la lune est pleine, répondit Jared la voix tremblante d'effroi.

Will poussa un soupir, cela corroborait la thèse des loups. On était justement un jour de pleine lune et il avait été, aujourd'hui même, témoin d'un tel acte... La révolte monta à nouveau en lui. Il fallait faire quelque chose ! Mais quoi ? Ces bêtes semblaient si puissantes. Elles dominaient les Elfes en leur faisant croire qu'elles leur étaient soumises. Elles les manipulaient, alors que les Elfes croyaient les avoir dressées. Will se sentait totalement impuissant.

Il s'adossa contre la machine pour essayer de se concentrer, et c'est alors qu'il s'aperçut que Jared avait disparu. Will fut saisi de panique. Où pouvait se trouver le petit Elfe ? Il se sentait responsable de l'avoir emmené dans cette cité et craignit soudain qu'il ne se perde ou, pire encore, que quelqu'un ne découvre son origine. Ce serait un comble si, par sa faute, un Elfe devenait captif de la cité ! Will passa sa main dans ses cheveux, comme si cela pouvait l'aider à réfléchir ; au moins, il put éponger sa sueur. Il pensa aller demander de l'aide. Mais à qui ? Ce n'était sûrement pas un hologramme qui allait pouvoir le tirer de ce mauvais pas... Il lui rappellerait juste qu'il aurait dû tenir la main de Jared !

Will commença méthodiquement ses recherches dans le labyrinthe du hall, jusqu'à ce qu'il le retrouve enfin... en train de visionner une histoire dans la section « contes et légendes » !

Le jeune homme fut presque fâché de voir le petit Elfe tout serein qui regardait avec joie le téléviseur. Il fallut qu'il respire pour se calmer et se rappeler que Jared était en vie, et que c'était tout ce qui comptait...

Will jeta un regard sur l'écran et à son grand étonnement, c'était la retranscription du livre des Origines. Qui donc avait pu réécrire, sous forme électronique, le livre que lui lisait son grand-père ? Il s'attendait à tout, sauf à trouver un tel ouvrage dans la ville du prince.

Will fit alors le lien entre l'archive qu'il regardait et Stan, son grand-père, qui archivait autrefois ses découvertes archéologiques dans cette même bibliothèque. Etait-ce possible que ce soit lui qui ait retranscrit ce livre ? *C'est tout à fait envisageable*, se dit Will en souriant.

Stan avait même pensé à cacher sa découverte au prince, en archivant le livre sous « contes et légendes ».

Nul doute que le prince ne s'intéresserait pas à de simples histoires pour enfants ! Il devait même ignorer que le livre de l'Eole se trouvait au cœur de la mémoire de sa ville depuis des années. Will sourit à cette pensée.

– Sacré grand-père, pensa Will avec une certaine fierté ! Au fond, tu as réussi à sauver ce livre... puisqu'il est ici grâce à toi.

En sortant de la bibliothèque, il regretta de ne pas avoir pu faire une copie du livre des Origines et décida qu'il reviendrait quand il aurait trouvé un moyen d'emporter le précieux ouvrage et de le faire découvrir aux habitants de Kasov... Et pourquoi pas dans tout l'Armel !

10

L'INVENTION DE WILL

Ils laissèrent la fabuleuse bibliothèque et toute la précieuse connaissance qu'elle renfermait, puis, une fois dehors, ils se mirent à déambuler dans les rues de Stella. Will avançait en réfléchissant à ses missions : jusque-là, il était plutôt satisfait. Il savait maintenant que les Stelliens n'étaient pas responsables de l'enlèvement des Elfes, même s'il se doutait bien que Kaleb ne l'accepterait pas si facilement. Il se réjouissait, car toutes les informations récoltées apportaient toujours plus d'arguments en faveur de sa propre théorie sur les loups. Cela l'amena à réfléchir à sa deuxième mission : protéger les Elfes de ces horribles créatures. Mais comment pourrait-il le faire ? Ces monstres étaient si sournois et puissants qu'ils semblaient invulnérables !

Il se souvint alors de la lumière qui l'avait protégé lors de l'attaque du loup de Jared ! Mais il était convaincu que cette « barrière magique » était l'œuvre de l'Eole, et il devait admettre n'avoir aucune idée de son fonctionnement ! Peut-être pourrait-il créer un appareil qui générerait une sorte de champ de force protecteur...

Il mit un certain temps à explorer plusieurs pistes. Après quelques instants de confusion, il commença à éliminer les projets les moins convaincants. Débarrassées des idées les plus folles, ses pensées devinrent de plus en plus claires, jusqu'à se focaliser sur un projet prometteur. C'est alors qu'il se sentit comme «guidé»: chaque problème trouvait rapidement une solution et, comme un puzzle qui se construit, une idée plus précise se forma dans son esprit! Soudain, tout son projet devint concret et il vit distinctement les plans de sa machine. Un champ de force: voilà quelle était la solution!

Mais il devait maintenant se préoccuper de trouver les pièces pour fabriquer ce champ de force. Pour les dénicher, il pensa logiquement à se rendre au marché. Les deux garçons reprirent donc place dans une petite voiture taxi pour se rendre à leur nouvelle destination.

Il était impossible de ne pas trouver le marché. Il suffisait d'aller en direction de la grande tour étoilée, le véritable centre névralgique de la cité. Will regretta d'avoir dépensé de l'argent pour son taxi, alors qu'il aurait été tout facile de s'y rendre, mais dans sa hâte, il n'avait pas eu l'idée de poser la question à un des nombreux passants.

La grande tour dorée abritait non seulement le parlement et les galeries d'arts, mais aussi les différents centres de recherches scientifiques. C'est donc tout naturellement que les marchands s'étaient installés sur la place qui l'entourait. En premier lieu parce que les inventions se vendaient en primeur au pied de la tour, mais aussi parce que les inventeurs avaient besoin de pièces, d'outils et de matière première de toute sorte. Ainsi, le marché faisait tout le pourtour de la célèbre tour et avait, au cours du temps, rempli toute la place. Il n'avait évidemment rien à voir avec celui de Kasov, ni par sa grandeur, ni par le contenu des stands. De plus, il n'y avait pas de vente alimentaire, car à Stella, les gens ne s'intéressaient pas aux produits du terroir. Ils commandaient généralement des plats cuisinés qu'il leur suffisait de réchauffer. Personne n'aurait perdu son temps à marchander le prix d'un poisson ou n'aurait manifesté de l'intérêt pour un kilo de pommes de terre. On venait ici pour découvrir et acquérir les dernières inventions qui étaient conçues en secret dans la fameuse tour de Stella.

Will s'extasia de voir autant d'outils performants et de nouveautés qui n'atteindraient certainement pas son petit village avant bien des semaines, voire des mois. Il farfouilla pour trouver les éléments nécessaires à la fabrication d'un champ de force en forme de dôme pour protéger les Elfes contre les loups. Il avait déjà répertorié mentalement ce dont il avait besoin, mais ce n'était pas simple de trouver des pièces précises dans un marché si grand...

En cherchant, il passa devant le stand d'un marchand qui semblait non seulement avoir toutes les pièces qu'il lui fallait, mais qui détenait en outre des soucoupes ! L'engin, appelé aussi « discobole », permettait de se déplacer avec grâce et rapidité. Cette toute nouvelle invention de la tour dorée montrait le prestige de celui qui pouvait se l'offrir. Son cœur se mit à battre la chamade quand il vit que l'objet de ses rêves n'était plus présenté uniquement comme modèle d'exposition, mais était enfin sur le marché pour être acheté ! Et cela pour à peine 80 pièces. Même si cela représentait les économies sur un mois de salaire pour sa famille, Will ne put s'empêcher de penser que c'était l'offre du siècle... mais aussi tout l'argent qu'il possédait!

Que devait-il choisir, le champ de force ou la soucoupe? Son père lui disait souvent: choisir, c'est renoncer! Il en prenait pleinement conscience à ce moment.

Il pensa d'abord à acquérir la soucoupe, se persuadant, non sans une certaine mauvaise foi, qu'avec un tel moyen de transport, il atteindrait bien plus vite le but de son voyage, l'Eole. Mais sa conscience le reprit: il ne pouvait laisser Jared retourner à son village, sans défense contre leurs loups perfides. Il luttait intérieurement pour prendre une décision.

Pourquoi ne pouvait-il pas être égoïste pour une fois et penser d'abord à lui? Cette soucoupe était l'objet qu'il désirait le plus au monde! N'avait-il pas assez offert aux Elfes en cherchant les informations dans les archives? Il regarda Jared et son cœur se serra. Comment pouvait-il concevoir d'abandonner cet enfant – qui était devenu son ami – à un destin si cruel? Et pour une «simple» soucoupe? Sauf que ce n'était pas qu'une «simple» soucoupe: c'était l'objet de ses rêves!

Il réfléchissait pour trouver une solution à son dilemme: son rêve contre sa conscience. Refusant de perdre l'un ou l'autre, il changea de perspective et tenta de trouver un moyen d'aider les Elfes sans sacrifier l'objet de ses rêves.

C'est alors qu'une idée un peu folle s'insinua dans son esprit et se précisa peu à peu... Oui, cela pourrait peut-être marcher... avec de la chance!

Il s'approcha du commerçant et l'interpella :

– Bonjour monsieur, elles sont magnifiques vos soucoupes ! On peut les essayer ?

– Bonjour jeune homme, répondit le commerçant avec un large sourire, tu n'en trouveras pas de plus belles ni de plus perfectionnées sur tout le marché ! Elle ne consomme que 5 litres à l'heure. Mais il n'est pas possible de les essayer sans les acheter auparavant. Sinon on ne les reverrait plus ! conclut-il avec un rire un peu forcé. Mais on fait des démonstrations régulièrement. On va justement en commencer une.

– D'accord ! reprit Will, qui recula légèrement pour laisser passer une jeune fille en combinaison intégrale dont le cuir luisait au soleil.

Ce devait être la démonstratrice, car elle portait également un grand casque avec visière, des protections auditives et toutes sortes de renforcements à chaque articulation. Cet équipement donnait un effet impressionnant à la démonstration, mais peu rassurant quant aux dangers de conduire un tel appareil. Will sourit en imaginant sa mère accoutrée de la sorte à chaque fois qu'elle voudrait se rendre à Kasov !

La pilote mit rapidement l'engin en marche. Elle se tenait en équilibre sur la soucoupe et la dirigeait par de petites pressions exercées par ses pieds. Elle décolla. La foule était admirative et on entendait des « oooh » et des « ouahh » un peu partout. Will essayait de ne pas se laisser impressionner et recherchait attentivement les petits (ou les grands) défauts de l'appareil, qui pourraient peut-être en faire baisser le prix !

Après la courte présentation, la foule, bien qu'admirative, s'éparpilla, car la fumée de l'appareil faisait tousser les gens. Seules quelques personnes s'attardèrent au stand, mais finirent par s'en aller sans acheter la soucoupe. Le marchand se retourna vers Will, espérant qu'il pourrait au moins en vendre une.

– Tu as vu cette démonstration, fit le marchand enthousiaste. Je suis sûr qu'un jeune homme comme toi prendrait plaisir à naviguer sur une de ces merveilles. Le prince lui-même en a la primeur et l'utilise pour tous ses déplacements !

– C'est en effet un bel appareil…

– Alors, intéressé à l'acheter ? fit le marchand en faisant briller une des soucoupes au soleil.

– Ce n'est pas le tout de l'acheter, fit Will, il faut encore ajouter le prix des litres d'essence. Et l'essence est un produit de luxe sur l'Armel…

Un silence se fit durant un instant. Le marchand ne trouvait rien à redire à cet argument, qui était le réel point faible des soucoupes (outre la fumée qu'elles dégageaient) et la raison pour laquelle il était si difficile de les vendre.

– Si seulement, elle pouvait consommer de l'énergie solaire… reprit Will en laissant le marchand prendre conscience de cette idée.

– Effectivement, fit le vendeur pensif.

Puis, rigolant comme d'une bonne blague il dit :

– Tu me fais rêver petit, celui qui réaliserait une telle merveille n'est probablement pas encore né !

– Détrompez-vous, mon cher monsieur, je pense être capable de la modifier, fit fièrement Will.

– C'est une mauvaise plaisanterie ! Passe ton chemin, petit ! fit le marchand en le houspillant. Je connais bien les vauriens de ton genre ! fit-il d'une voix mi-sévère mi-railleuse. Comme tous les provinciaux de ton genre, tu rêves d'acquérir une de mes merveilles hors de prix sans la payer. Tu ne réussiras pas à m'abuser par tes ruses, garçon !

La discussion semblait tourner court, mais Will ne se laissa pas démonter et ajouta :

– C'est le prince de Stella lui-même qui m'a invité ici. Il a remarqué mon talent et m'a inscrit pour faire partie de sa Haute Ecole d'Ingénierie, se vanta Will. J'étais en train de m'y rendre, quand j'ai vu votre stand, et je pense que ce défi me sera un très bon exercice. Laissez-moi vous emprunter le matériel nécessaire et je vous en fais la démonstration.

– Je ne demande qu'à te croire, jeune homme, mais les affaires sont les affaires, et je ne te laisserai toucher que ce que tu m'auras payé d'avance.

Ne pouvant payer les pièces pour modifier la soucoupe et l'achat du matériel pour réaliser le champ de force, Will décida de tenter le tout pour le tout.

– Et si je vous convainquais en montant un appareil à champ de force ? fit Will avec un sourire malicieux.

– Cela prouverait que tu es bien un étudiant de la tour dorée, mais il faudrait encore que l'on m'en commande une dizaine pour me convaincre de faire affaire avec toi.

– Soit, mais à condition de pouvoir disposer, à la fin de mon travail, non seulement d'un de mes appareils de champ de force, mais aussi de l'une de vos soucoupes.

– Tu t'y connais en affaires mon petit, fit le marchand d'un ton admiratif.

– C'est mon père qui m'a appris à commercer, fit Will, tout en pensant que son paternel ne serait pas fier de le voir user de ses dons à Stella. Je m'appelle Will et vous ne serez pas déçu.

– Appelle-moi Karlos. Ça marche, affaire conclue. Je me réjouis de voir si ta prestation sera aussi bonne que ton éloquence ! rit le commerçant en serrant la main de Will.

Will se mit alors à assembler les pièces et bientôt plusieurs badauds s'arrêtèrent au stand, étonnés de voir un ingénieur travailler en plein marché. En quelques minutes, une foule nombreuse s'attroupa pour assister au montage du champ de force. Les Stelliens étaient toujours admiratifs devant les nouvelles inventions, mais en voir une se construire sous leurs yeux était une première.

Le marchand rayonnait en voyant tous les gens subjugués devant son stand. Quand Will eut fini, il voulut faire une démonstration à son nombreux public. Il demanda à un spectateur de mettre une pièce sur la table.

Un homme un peu joueur accepta de déposer une pièce. Will l'entoura d'un petit champ de force en forme de dôme et lui demanda de reprendre sa pièce. Mais l'homme n'y parvint pas, car sa main se heurtait à une barrière invisible. D'autres essayèrent à leur tour, sans plus de succès. Will sourit et, retirant la protection du dôme grâce à une manette qu'il avait sur lui, il rendit l'argent à son propriétaire.

La foule était conquise.

Il se tourna vers le marchand et vit son regard admiratif: il savait qu'il avait gagné.

A la fois soulagé et ravi, Will se retourna vers son public et dit d'une voix forte pour que tous l'entendent:

– Grâce à cet appareil que j'ai nommé un «dôme», plus besoin de craindre les voleurs. Vos objets resteront en sécurité durant vos absences.

Les gens, qui s'étaient déjà montrés vivement intéressés par la démonstration, prenaient conscience du potentiel de cette petite merveille. Tous voulaient l'obtenir. Le marchand, s'approchant de Will, le prit par l'épaule comme s'il était son meilleur ami et se fit un plaisir de prendre les commandes.

Ce n'est que bien plus tard que, rempli d'un sentiment de satisfaction, il put fermer son stand et invita Will dans son humble demeure pour «parler affaires».

Il ne leur fallut que quelques minutes pour démonter le stand et ranger le matériel dans un hangar à proximité de la place du marché.

Karlos habitait un petit appartement deux ruelles plus loin. Un ascenseur les mena ensuite directement à un corridor étroit qui s'ouvrait sur la salle de séjour. Ils entrèrent, et Karlos offrit à Will et Jared une boisson gazeuse. C'était peu spacieux, mais Will, qui connaissait le prix exorbitant des locations dans la cité, ne fut pas surpris. Le salon était aménagé de meubles modernes aux tons anthracite. Des miroirs, habilement placés au-dessus du bar, jouaient avec la lumière feutrée de l'éclairage et rendaient l'ambiance plus chaleureuse, tout en donnant une impression d'espace qui semblait agrandir la pièce.

Le marchand les invita à s'asseoir à table et se mit à préparer ce qui, selon les déductions de Will, devait être le repas. Il ne vit pas un seul légume, ni même quoique ce soit qui puisse être défini comme un aliment naturel. Rien ne ressemblait de près ou de loin à ce que Will avait déjà vu.

Le marchand mit simplement toutes sortes de boules multicolores dans une machine, et il en ressortit ce que Will considéra comme le repas. L'aspect de cette nourriture n'était pas désagréable à voir, mais il ne pouvait rattacher cela à rien de connu. Goûter le plat ne l'aida pas, car la nourriture était insipide. L'odeur lui rappela toutefois légèrement un mélange de tomates et de basilic qui poussaient dans son jardin. Jared essaya d'être poli en remerciant l'hôte pour son invitation, mais il ne réussit pas à finir son assiette...

Après le repas, Karlos débarrassa la table et proposa à Will un faible pourcentage sur la vente de ses inventions. Heureusement, Will avait suffisamment vu son père négocier pour ne pas se faire arnaquer. Ils discutèrent longuement la rémunération des inventions, sans parvenir vraiment à un accord. Puis il passa la fin de la soirée à dessiner les plans de construction du dôme, ainsi que ceux du moteur solaire qui devait améliorer les soucoupes.

Le marchand, enchanté, invita Will et Jared à passer la nuit chez lui. L'Elfe ne semblait pas favorable à cette proposition. Il n'aimait pas cette ville et s'était rendu compte que la recherche des Elfes disparus serait certainement vaine. De plus, Will ayant trouvé le moyen de protéger le village avec son dôme, plus rien ne retenait Jared dans cette cité humaine... Mais il devait bien admettre qu'il n'avait pas d'autre solution pour la nuit!

Will, quant à lui, voyait les choses tout différemment. Cette ville était palpitante! Il se réjouissait déjà de pouvoir être à nouveau la vedette au marché. Il avait l'impression qu'il trouvait sa place et qu'il commençait enfin à vivre vraiment. Il pensait qu'un jour, peut-être, il pourrait vivre de sa passion: être un marchand de rêves à Stella... Il s'endormit, le sourire aux lèvres, sans remarquer les petites larmes qui coulaient sur les joues de Jared.

11

LE PRINCE DE STELLA

Le lendemain matin, Will se leva de bonne humeur. Même si la chambre était spartiate et qu'il avait dû partager son lit avec Jared, il avait bien dormi. Voyant les yeux un peu rougis de son ami, Will mit un moment à se rendre compte que Jared ne vivait pas son séjour à Stella comme lui. Il comprit alors que les sentiments du petit garçon avaient été très secoués durant ces quelques jours. Ce qu'il devait vivre n'était pas facile! En venant dans cette ville, Will avait découvert un monde de savoir exaltant, et cela l'enthousiasmait, mais Jared avait compris que toute cette connaissance ne lui permettrait pas de retrouver les Elfes disparus. Et cela le décevait. Le cœur de Will se serra. Il passa la main sur les cheveux du jeune garçon pour le rassurer et dit:

– Nous rentrerons immédiatement après le marché, je te le promets.

– Pourquoi pas avant? s'enquit Jared d'une petite voix.

Will n'avait aucune envie de renoncer à son projet: construire une soucoupe volante inédite, puis la montrer au marché et vivre à nouveau un moment de célébrité.

Sans compter qu'il pourrait alors emporter avec lui sa nouvelle création. C'était euphorisant, exaltant! Mais il n'osait pas trop avouer les sentiments qui, mêlant orgueil et cupidité, s'enracinaient dans son cœur. Il répondit:

– Il faut bien que je la construise, cette soucoupe. Tu ne voudrais pas rentrer à pied?

– C'est vrai? On rentrera sur un discobole!

Les yeux de Jared se mirent à pétiller. Le petit Elfe sembla oublier instantanément toute sa tristesse.

– Bien sûr, j'ai négocié longuement avec Karlos pour pouvoir emporter la soucoupe originale, dit fièrement Will qui se réjouissait que Jared accepte si facilement de rester encore un peu à Stella.

Comme Will s'y attendait, les Stelliens s'attroupèrent rapidement autour du stand où le jeune homme s'affairait à la modification de la soucoupe. Pendant ce temps, Karlos expliquait les avantages d'une telle invention à ses futurs clients. Il ne lui fallut pas attendre longtemps pour que les commandes affluent.

Will mit à peine une heure à modifier la soucoupe standard en une machine solaire. Il fit une démonstration, sans combinaison et en prenant Jared sur ses épaules, ce qui amusa beaucoup les Stelliens. Car Will en avait profité pour améliorer aussi les capteurs de pilotage, ce qui rendait la machine bien plus maniable et moins dangereuse. Les gens, enthousiastes et impressionnés, applaudirent Will et son invention. Le jeune homme remercia théâtralement les spectateurs et vit les yeux admiratifs du marchand, qui était maintenant certain de faire rapidement fortune.

Pendant que Karlos prenait les commandes, Will rangea ses affaires en prenant avec lui l'appareil du dôme et la soucoupe solaire. Le marchand, voyant Will partir, interrompit ses commandes et, un peu affolé, pressa Will de travailler avec lui. Il prétendit ne pas être certain de pouvoir suivre les plans de Will et alla jusqu'à lui proposer un poste d'associé à ses côtés.

Il lui répétait :

– Tu imagines le duo extraordinaire que nous pourrions former ? Toi qui inventes et moi qui vends ! Nous pourrions vite devenir riches... et célèbres !

– J'ai une promesse à tenir, répondit simplement Will en faisant monter Jared sur la soucoupe.

Karlos lui prit alors le bras et dit, suppliant presque :

– Si tu dois vraiment partir, laisse-moi au moins les appareils originaux ! Je te les payerai généreusement !

– Je ne peux pas, répondit Will, j'en ai absolument besoin. Mais je suis sûr que vous réussirez à les construire avec les plans détaillés que je vous ai laissés. Vous n'aurez qu'à embaucher un ingénieur compétent. On en a longuement parlé hier !

– Je sais, dit doucement le marchand, mais comment vais-je faire pour la publicité ? Je ne peux pas les assembler ici comme tu le faisais ?

– Je suis certain que vous trouverez une solution... et quelle meilleure publicité qu'un jeune homme parcourant les rues de Stella et les confins de l'Armel sur cet engin ?

– Décidément, tu es aussi bon parleur qu'inventeur, fit Karlos le sourire aux lèvres. Tu m'as convaincu. De toute façon, on se reverra régulièrement, si tu fais partie de l'Ecole d'Ing.

Soudain, le marchand s'interrompit et s'inclina respectueusement. Toutes les personnes s'étaient tues et baissaient la tête. Will en eut le souffle coupé. Il reconnaissait l'énergie qu'il ressentait derrière lui. Il en eut la chair de poule. Comment avait-il pu imaginer devenir célèbre dans la ville du prince, sans que celui-ci ne soit mis au courant de sa présence ? Un frisson le parcourut lorsque le souvenir terrifiant de ce dragon noir revint le hanter.

Le marchand lui faisait des petits signes discrets pour lui dire de se retourner, mais Will était paralysé. Comment pourrait-il échapper à ce dragon en étant sur son territoire ? Il s'était cru assez malin pour pouvoir acquérir l'objet de ses rêves facilement, mais soudain, il en comprenait le prix ! Il était piégé par son orgueil et sa vanité... Enfin, il se retourna lentement et se trouva face au prince.

– Will, quelle agréable surprise de te voir en ces lieux ! siffla-t-il.

Le jeune homme restait pétrifié d'effroi en évitant de croiser les iris noirs des yeux du prince.

– Majesté, fit respectueusement le marchand, votre élève a réussi à inventer une soucoupe solaire en moins d'une heure. Vous avez le don de choisir les meilleurs pour le bien de la cité, mon Seigneur.

Le prince observa le travail de Will et fit, d'un sourire mauvais :

– C'est en effet mon rôle de ne pas laisser s'échapper un jeune homme aussi talentueux...

Puis, le prince sembla se détendre et changea complètement d'expression en s'exclamant :

– Notre cité est faite pour des gens comme toi, Will ! Je venais te souhaiter la bienvenue pour ta première journée dans notre prestigieuse Ecole d'Ingénierie. Laisse-moi le plaisir de te faire visiter.

Will n'eut pas le courage de décliner l'offre. Il fit signe à Jared de l'attendre et monta les escaliers menant à l'entrée de la tour, sous les regards envieux des Stelliens.

En entrant, Will vit un gigantesque hall circulaire entourant une place d'où émergeaient les étages supérieurs. Le toit et les façades du hall étaient faits de verrières aux couleurs irisées. Des petits jardins de détente, harmonieusement décorés de végétation luxuriante, accueillaient les visiteurs privilégiés qui y avaient accès. Un petit ruisseau serpentait dans cette verdure paradisiaque, laissant à ceux qui le souhaitaient le loisir de s'y rafraîchir les pieds en buvant un cocktail. De grandes fleurs exotiques, inconnues de Will, remplissaient tout l'espace de leurs couleurs chatoyantes et de leurs parfums envoûtants. Will pensa que de grands botanistes avaient dû longuement réfléchir pour obtenir un équilibre si parfait !

Il était hypnotisé par l'harmonie des couleurs. Des statues de femmes nues – qui le mirent un peu mal à l'aise – décoraient le parvis d'une fontaine fluorescente. Une serveuse à la silhouette fine et aux longs cheveux dorés y puisa un onctueux breuvage qu'elle leur offrit. Elle s'éloigna sans toucher le sol et Will resta en admiration devant ses fines ailes qui émettaient de petits éclats arc-en-ciel sous la lumière des verrières. Elles étaient plusieurs à survoler le jardin pour satisfaire le moindre désir des clients.

Will ne connaissait qu'une Fée : Colombe, la couturière de Kasov. Elle était une vieille amie de sa mère, car non seulement elle était une étrangère à Kasov, mais elle était aussi une Nymphe. Colombe avait vécu son enfance sur les terres de son peuple, au pied de la Montagne de l'Eole. Malgré leur proximité avec la Montagne du Souverain, peu de Fées Lui étaient soumises. Une nuit, le prince et son armée étaient montés contre les Fées et n'avaient eu aucun mal à asservir leur peuple. Depuis, peu de Fées étaient demeurées libres, et beaucoup étaient contraintes de servir les Stelliens, soit dans leur cité, soit sur les îles paradisiaques et touristiques des mers de l'ouest. Mais ce qui peinait le plus Colombe, d'après les souvenirs de Will, c'était le fait que le territoire des Fées, jadis offert par le Souverain lui-même, avait été donné aux alliées du prince : les sorcières.

Le prince emmena Will le long d'arcades qui s'ouvraient sur de luxueux restaurants, des boutiques prestigieuses et des galeries d'art. Seuls l'élite de Stella et les gens très fortunés avaient le droit d'en parcourir les allées.

Les gens s'arrêtaient et inclinaient respectueusement la tête à leur passage. Will voyait qu'ils cherchaient à s'informer discrètement à son sujet. Il était devenu, en quelques instants, le nouveau favori de la cour. Il ne put s'empêcher de se sentir grisé par l'intérêt qu'on lui portait. Sa réputation le précédait déjà. Il sentait les regards admiratifs et entendait des flatteries sur les merveilles qu'il avait faites au marché. Le prestige qu'on lui accordait et la beauté de cet endroit l'envoûtaient.

Outre les Fées, il croisa également des Nains, qui étaient nombreux à avoir fait alliance avec le prince. Il y avait fort longtemps, celui-ci avait habilement réveillé la cupidité des Nains en leur dévoilant les énormes richesses souterraines de la Montagne de l'Eole. Les Nains avaient alors construit la « Grande forteresse » pour protéger l'entrée des mines et étaient, par la suite, devenus de brillants et efficaces mineurs. Par leur florissant commerce, ils avaient financé largement les futures conquêtes militaires de leur allié. Ils venaient à Stella pour vendre les magnifiques pierres précieuses et les minerais d'or et d'argent qu'ils extrayaient des mines de la Montagne. Avec leur barbe brodée de pierreries, ils paradaient devant les Fées en faisant orgueilleusement tinter leurs colliers et leurs bracelets en or. Will trouva cela quelque peu vaniteux, mais il devait bien admettre que leurs bijoux étaient de véritables œuvres d'art.

En quittant les jardins, ils débouchèrent sur une lumineuse place pentagonale, au fond de laquelle se trouvaient une douzaine d'ascenseurs vitrés fixés sur une immense façade en acier chromé. Will s'aperçut que la grande baie vitrée qui coiffait toute la place permettait de voir presque tout le ciel, illuminant ainsi le hall. En revanche, la Montagne de l'Eole était entièrement cachée par la paroi et les ascenseurs, et ce n'était probablement pas un hasard... Par le toit vitré, Will pouvait suivre les ascenseurs du regard. Il fut pris de vertige ! On pouvait à peine distinguer le sommet de la tour. De l'extérieur, le bâtiment était déjà impressionnant, mais Will comprenait à présent que cette tour contenait à elle seule une véritable cité.

Will se crispa quand il vit cinq Trolls garder l'accès des ascenseurs. Mais il se détendit rapidement quand il remarqua que, hormis leur légère teinte émeraude, ils n'avaient rien en commun avec les Trolls déchus rencontrés dans la forêt des Nymphes. Autant les Trolls déchus étaient laids, autant les Trolls de Stella étaient beaux. Leurs cheveux de jais, leur regard, leur musculature développée : tout en eux impressionnait Will. En fait, il rêvait d'avoir leur physique ! Leur charme et leur virilité semblaient plaire à toutes les jeunes filles qui, élégamment vêtues, leur jetaient de petits coups d'œil par-dessus leur éventail en espérant attirer leur attention.

Will se demanda comment les Trolls déchus pouvaient avoir été, autrefois, des Trolls normaux, tant la différence de taille et de comportement était frappante. Des bruits couraient qu'ils avaient participé à des expériences dans les laboratoires du prince pour devenir de vraies « armes de guerre ». Cependant, plus leur force s'était développée, plus leurs capacités intellectuelles étaient devenues déficientes. Leurs comportements irréfléchis avaient fini par créer tant de problèmes dans la cité, que le prince avait décidé de les exiler dans la forêt des Nymphes. Il avait alors mis fin aux expérimentations et avait soumis les Trolls d'une autre manière.

Un Troll fit le garde-à-vous et attendit les ordres de son chef.

– Voici Will, ma nouvelle recrue en ingénierie, annonça le prince. Veuillez lui donner accès aux étages dédiés au monde scientifique et… au monde de la nuit, ajouta-t-il malicieusement.

Le Troll s'exécuta et prit un petit boîtier que Will ne connaissait pas. Après avoir placé l'appareil devant son visage, il lui demanda de compter jusqu'à six afin que sa voix puisse être enregistrée. En effet, tout, dans la tour, se faisait par reconnaissance vocale. Après quelques manipulations rapides, il fit signe au prince que tout était en ordre.

Le Troll devait être à peine plus âgé que lui et devait certainement faire partie du groupe de garçons kidnappés à l'époque de l'invasion des Stelliens. Comment ces Trolls – comme les Fées d'ailleurs – pouvaient-ils servir le prince de manière si loyale, alors qu'il était responsable de leur enlèvement et de la souffrance de leur peuple ?

C'est quand la porte de l'ascenseur s'ouvrit que Will reprit conscience du danger. Tant qu'il était dans le hall spacieux et en public, il en avait oublié la menace du prince. Mais entrer dans ce petit espace que représentait l'ascenseur, avec pour toute compagnie celui qui avait voulu le tuer quelques jours auparavant, le mettait pour le moins, très mal à l'aise.

Il avança en tremblant, les mains crispées et moites. La porte se referma comme celle d'un piège à rat. La respiration saccadée, son cœur battant à tout rompre, il se sentait comme une souris avec laquelle le chat s'amuse avant de la dévorer.

Pour se calmer, il regarda à travers la vitre transparente, mais la hauteur devint si vertigineuse qu'il dut se concentrer sur autre chose. Il lut donc tous les petits panneaux d'information dans l'ascenseur. La tour comprenait soixante étages, outre les six en sous-sol, dédiés au culte du plaisir, avec leurs bars, discothèques, casinos et espaces de bien-être.

Le sommet du bâtiment était dévolu au Parlement, le centre aux Sciences, aux Arts, à la Culture et aux appartements VIP.

Will vit dans le reflet de la vitre que le prince l'observait. La sueur coulait sur son front. Il avait la gorge sèche et les mains qui tremblaient. Il essaya de se reprendre afin de faire croire au prince qu'il le suivait de bon gré. Mais dès qu'il en aurait l'occasion, il essaierait de fuir.

Will sursauta quand le prince lui mit sa main sur l'épaule et se pencha vers lui pour lui susurrer à l'oreille :

– J'ai l'impression que tu as chaud. Peut-être que ta boisson pourrait te rafraîchir un peu.

Will prit alors conscience du verre qu'il tenait toujours dans sa main et dont il n'avait pas encore goûté le breuvage. Il le but d'un trait. C'était un peu amer, mais désaltérant. Will ressentit alors que son stress se dissipait.

L'ascenseur s'arrêta enfin, mais étonnamment ce n'était pas l'étage des Sciences, mais celui du Parlement. La porte s'ouvrit et le prince passa devant lui et sortit le premier. Puis, se tournant vers Will, il lui fit signe de l'accompagner. Il souriait. Que cachait ce sourire ? Will était reconnaissant d'être en vie, et... c'était tout ce qui comptait. Pourtant, s'il avait su qu'il venait d'absorber un élixir contenant des larmes de sorcières, il aurait été moins rassuré. Son esprit allait petit à petit se brouiller, et il ne discernerait bientôt plus le bien du mal, pour le plus grand plaisir du prince.

Il le laissa l'emmener dans une grande salle située au sommet de la tour. Son toit était un dôme anthracite décoré d'étoiles formant les constellations du zodiaque. Will trouva bizarre que le plafond fût noir alors qu'il était doré et étincelant depuis l'extérieur !

Là, se tenait un forum. Depuis l'esplanade qui le surplombait, il observa cinq parlementaires, en cercle, affairés à discuter politique. Le sujet devait être important, car ils s'invectivaient avec virulence !

Will reconnut un Troll, un Nain, une Fée, une Humaine et une Elfe, mais cette dernière lui tournait le dos. C'est à ses oreilles pointues qu'il put définir que c'était une Elfe. Vu les tensions avec les Elfes, il ne s'attendait pas à voir leur peuple participer à la politique à Stella, mais se rappela que Verena était justement dans la cité pour parler de la trêve et que... par déduction, cette Elfe devait justement être la femme de Kaleb.

Des faisceaux lumineux reliaient les ordinateurs des parlementaires, formant ainsi une étoile à cinq branches. Le prince se plaça au-dessus d'eux, au centre de l'étoile, et prit la parole. Une sixième branche l'éclaira alors, donnant du relief à l'étoile.

– Voici, dit-il, la retransmission des caméras qui ont filmé notre jeune visiteur ici présent alors qu'il cherchait, dans les archives de la bibliothèque, des informations sur une prétendue détention d'Elfes dans la cité.

Will comprit qu'il avait été repéré dès son entrée dans la cité ! Le prince n'avait alors cessé de le surveiller et avait patiemment attendu le bon moment pour intervenir et le démasquer. Comprenant sa naïveté, il se raidit et attendit la suite de son jugement.

Le prince reprit :

– Peux-tu nous expliquer pourquoi tu t'intéresses aux affaires des Elfes ?

Will avait la gorge nouée ! Il ne put que bredouiller quelques mots à peine audibles.

– Je... j'étais... euh... dans leur village et... ils me l'ont demandé... Je... Kaleb m'a...

L'Elfe qui, jusque-là, lui tournait le dos, se retourna soudain, et Will remarqua qu'elle avait les iris étoilés comme les Nymphes. Comment cela était-il possible ? Les Nymphes avaient l'interdiction formelle d'entrer dans la cité. Comment donc pouvait-elle faire partie du Parlement ?! Et Kaleb n'avait pas de perle brillante à son cou. alors comment aurait-il pu épouser une Nymphe ?

Verena s'exprima avec colère :

– Mon peuple envoie un espion ? Ne savent-ils pas que je négocie la paix depuis toutes ces années et que nous pouvons avoir confiance en notre prince ? Kaleb va m'entendre !

Will eut un sursaut. Il eut la conviction que cette femme arrogante, méprisante et cruelle ne pouvait pas être une Nymphe. Il observa attentivement ses iris étoilés et constata avec horreur qu'ils étaient aussi noirs que ceux du prince ! Cela ne signifiait qu'une seule chose : Verena était une sorcière.

– Qu'on le jette au cachot ! cria la femme.

Contre toute attente, le prince s'interposa :

– Ce jeune homme est aussi un talentueux inventeur et ce serait dommage de se priver de ses dons, reprit le prince d'un ton calme qui tranchait avec la colère de la sorcière. Il doit y avoir un malentendu, n'est-ce pas?

– Je… enfin… oui… bredouilla Will.

– Excuse acceptée, reprit le prince. Je vais faire visiter les laboratoires à notre jeune prodige et je reviendrai tout à l'heure, afin de régler ce petit problème d'espionnage.

Will ne comprenait vraiment pas pourquoi le prince défendait ses intérêts! Mais depuis qu'il avait bu cette boisson amère, il n'arrivait plus à avoir les idées claires. Au fond, peut-être que ses parents s'étaient montrés trop sévères envers le prince. Ce dernier s'intéressait peut-être réellement à ses dons. Peut-être qu'il lui voulait du bien! Cette dernière pensée lui parut un peu bizarre…

Ils quittèrent l'assemblée et reprirent l'ascenseur. Etonnamment, Will ne se sentait plus du tout stressé.

Le prince lui dit:

– En vivant ici, il te faudra changer ta façon de voir les choses. Tes valeurs ont été faussées pendant bien des années. Tes parents ont essayé de te donner le meilleur, mais l'Eole les a asservis et a restreint leurs pensées. Il faudra écouter tes propres désirs dorénavant, ta personne est au centre de nos préoccupations. Ici nous acceptons que chacun puisse se livrer à ses propres plaisirs. Sans restriction!

Will ne savait plus quoi penser. Il n'arrivait plus à raisonner. Il n'avait plus qu'une envie, c'était de se laisser bercer dans l'euphorie qu'il ressentait. Il en était de plus en plus convaincu, ses parents s'étaient trompés. Ils avaient pris pour ennemi le prince, uniquement parce qu'il n'avait pas leur façon de vivre et de penser. Il ne voyait plus en lui le dragon qui l'avait attaqué. Cette vision d'horreur se dissipait comme le lointain souvenir d'un mauvais rêve.

Ils s'arrêtèrent au vingt-huitième étage: Sciences et Technologies. Will put admirer ce qu'il n'aurait jamais pu imaginer. La salle était entièrement équipée du meilleur matériel à la pointe du progrès. Des savants s'affairaient en laboratoire, des scientifiques testaient de nouveaux modules de conduite, des artisans montaient avec précision des mécanismes complexes.

Will était fasciné. Il en oublia complètement la présence du prince et alla interroger les techniciens et autres travailleurs qui étaient prêts à lui expliquer le fonctionnement des ateliers. Un alambic attira son attention. Il se souvenait d'en avoir vu un dans un recoin de la ferme de ses parents; il leur servait à produire de la damassine, un alcool obtenu à partir d'une sorte de prune connue dans sa région. Il s'approcha et sentit une odeur s'en dégager. Ce n'était pas celle de son enfance, mais une des senteurs humées dans le hall.

Un jeune homme aux cheveux roux et à la mine sympathique l'aborda.

– Salut! Moi, c'est Fox. Je travaille en pharmaceutique.

– Bonjour Fox, moi c'est Will. Je ne suis qu'un futur élève avec une fibre écologique.

– Bienvenue! L'écologie, ça a de l'avenir! Nous travaillons tous pour améliorer le futur. Elève ou maître, il n'y a pas de différence : nous sommes tous égaux. Chaque jour, nous apprenons, et en même temps, nous transmettons nos connaissances, tout cela pour vivre dans un monde meilleur.

Will était adepte de ce principe. Il se voyait déjà travailler avec lui.

– As-tu goûté de mon élixir à la fontaine de Fées ? C'est moi qui ai inventé ce breuvage, reprit Fox avec une certaine fierté dans la voix.

– Oui, on m'en a servi un verre, répondit Will en essayant de se souvenir quel en était le goût.

– Et alors ? demanda Fox curieux. Comment tu t'es senti après ?

– Bien.

– Bien ? Tu plaisantes ? Tu t'es senti super zen, non ? Ou alors tu avais de sacrées tensions, mon pauvre !

Will se rappela la douloureuse angoisse de la montée en ascenseur. Des tensions, il en avait eu, et c'était peu dire. Mais il devait admettre qu'il se sentait beaucoup mieux, détendu, voire quelque peu « zen ».

– Dans cette boisson, il y a des larmes de sorcières que j'ai réussi à synthétiser ! s'enthousiasma Fox. C'était important de pouvoir en produire nous-mêmes, car les sorcières ne pleurent pas souvent ! Leurs larmes font pourtant des miracles. Elles sont très utiles pour les anesthésies ou pour nous détendre et oublier tous les soucis et les fameuses questions existentielles qui perturbent notre quotidien. Une goutte dans un soda, et les questions du style : *D'où je viens ? Où je vais ? Pfiout !* Envolées, parties, place à la paix de l'âme !

Will était captivé. Il se sentait enfin chez lui. Ici, il ne s'ennuierait pas et pourrait améliorer le monde. Il pouvait parler à des personnes talentueuses qui le comprenaient, le valorisaient et reconnaissaient ses compétences.

Il fit encore le tour de quelques ateliers et eut beaucoup d'intérêt à écouter les découvertes de plusieurs chercheurs. Puis, le prince le ramena vers l'ascenseur pour lui montrer les appartements VIP. Alors qu'ils se rendaient au vingt-troisième étage, Will imagina l'avenir radieux qui s'ouvrait à lui. Il se sentait excité à l'idée de pouvoir bientôt intégrer l'équipe qu'il venait de rencontrer et de collaborer à l'élaboration de nouveaux projets. Will n'avait plus la moindre envie de fuir. Au contraire, il se réjouissait de rester pour travailler au sein d'une équipe de scientifiques si renommés. Le piège se refermait sur lui et Will n'en était même plus conscient!

L'ascenseur s'ouvrit directement sur un appartement ultramoderne avec mini-bar, jacuzzi et table de billard.

– Si ce logement te plaît... je te l'offre, fit le prince avec un débit exagérément lent, afin de laisser à Will le temps d'admirer la valeur du cadeau.

– Comment est-ce possible? s'enthousiasma Will.

– Je sais récompenser ceux qui travaillent pour moi. Voici la clé que tu devras coller sur la paume de ta main quand tu auras accepté mon offre, fit-il en donnant à Will une sorte de badge à tatouer. Je dois malheureusement m'absenter, car j'ai une affaire urgente à régler. Mais que cela ne t'empêche pas de te mettre à ton aise et de profiter de ta nouvelle vie qui commence.

Le prince le laissa seul dans sa nouvelle demeure, et Will en profita pour se prélasser dans le jacuzzi avec un verre de champagne et des pistaches, denrées qu'il avait trouvées dans le minibar. Il était aux anges !

Après s'être détendu dans le bain, il en sortit, se vêtit d'un peignoir et découvrit, dans l'armoire, quantité d'habits dernier cri. Il en essaya quelques-uns en jouant au beau gosse devant le miroir. Il s'amusa à se tenir élégamment comme un vrai gentleman, puis à faire des clins d'œil charmeurs et à rouler les mécaniques, montrant ainsi sa musculature.

Il était bel homme, avec ses cheveux cuivrés et ses quelques taches de rousseur qui parsemaient son visage aux traits fins et réguliers. Il était svelte et avait hérité des épaules carrées de son père, ce qui lui ajoutait de la prestance.

Pendant qu'il s'admirait, un courant d'air froid le fit frissonner ! Son regard se posa sur son reflet et il constata soudain que sa perle ne brillait plus. Cela le fit sursauter et reprendre ses esprits !

Tout à coup il se souvint ! Jared ! Le pauvre garçon devait toujours l'attendre en bas de la tour ! Il devait certainement être mort d'inquiétude en le sachant seul avec le prince.

Il regarda à travers l'immense baie vitrée, mais à cette hauteur, il ne parvenait pas à l'apercevoir. En d'autres circonstances, il aurait apprécié la vue impressionnante qui surplombait la ville de Stella. Au loin, on distinguait à peine le village de Kasov, ce qui démontrait clairement la suprématie de la cité sur le petit village. Cette vision rappelait certainement aux étudiants le lieu d'où ils venaient et la chance qu'ils avaient d'avoir pu s'installer à Stella.

Will se rendit compte aussi que la baie vitrée s'étendait sur trois côtés, mais qu'aucune fenêtre ne donnait au sud. Il était évident que le prince ne souhaitait pas que l'on puisse admirer la Montagne de l'Eole.

Le jeune homme appela l'ascenseur et, jetant un dernier coup d'œil à l'appartement de ses rêves, il se résigna à descendre rejoindre Jared. Au fond de son cœur, il ne savait plus très bien ce qu'il avait décidé pour son avenir, ni ce qu'il dirait au petit Elfe.

12

LA GRANDE BATAILLE

Quand il arriva vers Jared, celui-ci avait le visage inquiet et baigné de larmes.

– J'ai cru que tu m'avais oublié, dit le petit Elfe en reniflant.

Ce n'était pas tout faux, mais Will s'empressa de lui dire le contraire. Il aurait souhaité renvoyer le petit garçon dans son village avec le dôme, mais il n'eut pas le cœur de le laisser tout seul. Il entreprit donc de raccompagner l'Elfe en le faisant monter sur la soucoupe, ce qui lui rendit vite le sourire.

La soucoupe fila à toute allure, traversant la grande étendue qui séparait le territoire des Stelliens de celui des Elfes. Accroupi, Jared s'accrochait comme il pouvait à la jambe de Will. Petit à petit, il prit confiance, se redressa doucement, jusqu'à être complètement debout, puis, les deux bras tendus vers le ciel et les cheveux au vent, il cria un énorme « yaouuuuuuh ! ! »

Will aussi était très excité : ce premier vol concrétisait enfin son rêve le plus fou. Il en profita pour tester les capacités de son engin en lui faisant réaliser plusieurs virages serrés ainsi que des accélérations brusques, et même en le poussant jusqu'à sa hauteur maximale. Il était ravi de ses performances, même s'il était un peu déçu qu'il ne puisse pas décoller à plus de trois mètres du sol. Et encore, en prenant de l'élan... Voilà qui lui donnerait l'occasion de perfectionner encore un peu cet appareil!

En voyant les navires marchands, il voulut surfer sur les vagues du fleuve. Mais ce fut une mauvaise idée, car dès qu'ils se trouvèrent sur l'eau, le souffle de la soucoupe projeta de grandes gerbes d'eau et ils se retrouvèrent trempés de la tête aux pieds... De plus, le moteur devait tourner tellement vite pour les maintenir en hauteur sur cette surface liquide qu'il se mit à surchauffer, et Will et Jared parvinrent de justesse à atteindre la berge avant que la soucoupe ne tombe en panne.

– Tu arriveras à la réparer? questionna Jared inquiet.

– Ne t'en fais pas, fit Will, il faut juste la laisser refroidir et elle repartira comme si de rien n'était.

Pour l'heure, ils durent continuer leur trajet à pied. Heureusement, la tour fortifiée servant d'observatoire aux Elfes fut bientôt en vue. Ils arrivaient à la rivière quand Kaleb passa sur le pont avec son cheval pur-sang pour les intercepter.

– Jared, que fais-tu là? fit Kaleb dont les traits tirés montraient une inquiétude masquée par de la colère.

– Père, s'exclama Jared tout fier, je reviens de Stella! Nous avons trouvé un moyen de nous protéger des attaques des Stelliens!

– Mais pourquoi t'être mis ainsi en danger? reprit Kaleb fâché. Tu n'es pas encore un guerrier!

– Mais je voulais te montrer mon courage et être digne d'un Elfe. Je veux participer à la guerre, fit Jared qui avait perdu un peu de son assurance.

– Il s'est montré courageux, dit Will pour le soutenir.

– Le courage ne compense pas un entraînement inachevé. Voudriez-vous me priver de mon héritier ?

Will se sentit soudain tout penaud.

– Avez-vous au moins retrouvé la trace des nôtres ? reprit Kaleb en se tournant vers Will.

– Il n'y a pas d'Elfe à Stella, répliqua Will... mais vos chiens pourraient vous expliquer leur disparition.

– Vous vous moquez de moi ! reprit l'Elfe, exaspéré. Non seulement vous n'avez pas retrouvé nos disparus, mais maintenant, vous accusez nos meilleurs protecteurs !

Il ferma les yeux et, après une profonde respiration, il se fit distant et émit une remarque qui ne dégageait plus aucune émotion :

– Cela n'a rien d'étonnant de la part d'un Humain. Vous défendez votre cité plus que nos intérêts.

Ils retournèrent au village, sans plus échanger une seule parole.

Ils venaient à peine de traverser l'Opale quand le cor sonna. Will, surpris, entendit les gardes hurler à Kaleb que les troupes de Stella étaient en vue et qu'elles se plaçaient en ordre de bataille. Son sang se glaça. Etait-il à l'origine de cette action militaire ? Au fond de lui, il connaissait déjà la réponse, même s'il n'osait se l'avouer...

Kaleb regarda fixement l'horizon, impassible, puis dit calmement :

– Je ne pensais pas que votre mission aurait de telles conséquences ! Etes-vous un traître ou vous êtes-vous simplement fait démasquer ?

Will, livide, ne put rien répondre.

– Cela n'a plus d'importance ! reprit Kaleb. Les dés sont jetés ! C'est l'heure de vérité pour vous ; je verrai bien à quel camp va votre allégeance.

Puis il ordonna aux gardes d'escorter Will et Jared le plus rapidement possible dans la tour fortifiée qui se trouvait près du pont et de veiller à ce qu'ils y restent. Deux gardes les emmenèrent au deuxième étage et y surveillèrent l'entrée, tandis que les autres se rendaient sur le toit à créneaux, prêts à tirer sur les ennemis. Une fine ouverture, pas plus large qu'un bras, permit à Will de voir au loin les troupes stelliennes s'approcher. Pourquoi continuaient-ils à avancer ? La frontière protectrice de l'Opale, donnait un sérieux avantage aux Elfes. Tant que ceux-ci ne sortaient pas à leur rencontre, aucun corps à corps ne pouvait avoir lieu. Will connaissait assez Kaleb pour savoir qu'il ne mettrait pas ses vaillants guerriers en danger : ils étaient trop peu nombreux pour se permettre de perdre des combattants. De plus, les Elfes pouvaient facilement tenir un siège avec l'eau potable de l'Opale et leurs importantes réserves de blé. Mais que préparaient les Stelliens ? Will eut un mauvais pressentiment.

Il se retourna et vit Jared, blotti dans un coin de la pièce, terrorisé et pétrifié. Will le rassura comme il le put en lui parlant calmement et en le serrant contre lui.

Il retourna vers la lucarne et vit, comme il l'avait pensé, que les soldats elfes n'avaient toujours pas traversé la rivière. Il ne pouvait pas voir de l'autre côté de la tour, mais il pouvait imaginer toute l'armée de Kaleb prête à l'attaque.

L'armée stellienne avançait toujours et, soudain, Will comprit. Cette vague argentée, hypnotisante, qui avançait inexorablement sur eux tel un monstre prêt à les dévorer, n'était pas composée que d'Humains ou de Trolls, mais aussi de machines impressionnantes. Il s'agissait certainement de nouvelles inventions de la tour dorée. Arrivés à une centaine de mètres de la tour, les soldats les mirent en action, ce qui produisit un bruit de tonnerre assourdissant. Puis, quelques secondes plus tard, de grandes déflagrations eurent lieu, non pas dans les troupes elfiques, mais dans le village qui se trouvait à deux lieues de là. Will en resta pétrifié. Les archers répliquèrent en tirant des flèches et touchèrent certains soldats. Mais que pouvaient faire les armes elfiques contre une telle force de destruction stellienne ? Le village entier des Elfes était à la merci des tirs des canonniers !

Malgré le bruit des canons, Will entendit Kaleb donner l'ordre d'attaquer. Le pont se dressa sur la rivière et les Elfes le traversèrent à dos de cheval ou à pied. Evitant les tirs des fantassins stelliens avec adresse, ils réussirent à faire une percée dans la défense ennemie. Les coups adroits et la dextérité des Elfes mettaient à mal les Humains, et la bataille ne semblait pas gagnée d'avance pour l'armée stellienne.

Un peu à l'écart, Will vit le prince sur sa soucoupe observer l'avancement de ses troupes. Voyant que son armée devait reculer et que les Elfes allaient mettre la main sur ses engins de guerre, il fit un geste pour envoyer les Trolls au combat.

Le combat au corps à corps commença. Les Elfes, plus agiles, évitaient les coups des Trolls, mais ces derniers, avec leur force herculéenne, frappaient fort et pouvaient mettre K.-O. un Elfe en deux coups de poing. Le combat changea à nouveau complètement de configuration et les tirs sur le village recommencèrent de plus belle.

Kaleb vit la situation qui s'aggravait et comprit que sa fierté de vaincre seul était vaine. Il appela donc les loups en renfort.

Les loups sautèrent alors sur les soldats stelliens et les déchiquetèrent malgré leurs uniformes. Ils réussirent même à tuer quelques Trolls. Will frémit d'horreur en voyant ce carnage.

Il ne comprit pas pourquoi les loups, qui dévoraient habituellement les Elfes, continuaient à les soutenir ! Si les loups montraient leur vrai visage et se retournaient maintenant contre les Elfes, la guerre serait finie en peu de temps...

Le prince, tranquillement assis en retrait, observait avec délectation le carnage dont il était certain de sortir vainqueur. A aucun moment, il ne fut surpris de la tournure des évènements, comme si c'était lui qui avait écrit l'histoire. Il semblait ravi de voir les loups intervenir, augmentant ainsi les victimes et prolongeant le combat.

Will vit même un loup attendre qu'un soldat stellien abatte un Elfe, avant de dévorer l'homme... Quel jeu jouaient donc les loups ! On aurait dit qu'ils s'amusaient à prolonger le carnage ! Will ne comprenait pas...

Il ne pouvait en effet pas comprendre... sa perle s'était éteinte après son passage dans la grande tour dorée de Stella! Il ne comprenait donc pas que les forces en présence dépassaient de loin les guerriers féroces du champ de bataille. Des entités invisibles et puissantes étaient à l'œuvre dans les coulisses et «jouaient» avec les peuples de l'Armel!

Sur la plaine, seule la mort ressortait victorieuse de ces combats, buvant jusqu'à en être ivre, le sang des créatures de l'Eole.

Kaleb vit que, malgré l'aide des loups, le combat semblait perdu! Mais les Elfes étaient un peuple fier qui ne se rendrait pas. Et même s'ils battaient en retraite, rien n'empêcherait les soldats stelliens de les massacrer jusqu'au dernier! Mieux valait continuer de combattre.

De la fente de la tour, Will fut ébloui un instant par un rayon de soleil se reflétant sur le lointain dôme de la cité de Stella.

Et Will comprit!

Il vérifia que son discobole fonctionnait à nouveau, après quoi il s'avança vers Jared pour lui expliquer qu'il devait s'absenter un instant, mais qu'il reviendrait rapidement. Puis, il lui enfila sa capuche pour lui couvrir les yeux, afin qu'il n'assiste pas au combat. Bien entendu, les gardes n'étaient plus devant la porte, car ils avaient rejoint les archers dans la bataille. Will descendit et quitta la tour sur son engin.

Sur le champ de bataille, les hostilités se poursuivaient. L'armée stellienne, composée d'Humains et de Trolls, avait maintenant pris un avantage décisif en isolant plusieurs petits groupes d'Elfes. Sans leur unité de combat, ceux-ci se retrouvaient très désavantagés.

Will s'adossa aux fortins, respira, enfourcha sa soucoupe et surfa vers Kaleb en lui criant :

– Dans deux minutes, retirez vos troupes et sonnez la retraite !! Faites-moi confiance.

Kaleb, surpris, n'hésita qu'un instant et fit un signe approbateur.

Will eut à peine le temps de voir la réponse avant d'être soufflé par l'explosion d'un obus. Quand il se releva, secoué, ses oreilles sifflaient et il voyait flou. Mais il était toujours en vie, et il se dit, comme un refrain pour se donner du courage, que c'était là tout ce qui comptait.

Il remonta sur son discobole et chercha le lieu idéal pour agir. Le soleil déclinait derrière les montagnes. Il devait faire vite avant que sa soucoupe solaire perde sa puissance. Il vit la tour où se trouvait Jared et décida que ce serait le meilleur endroit pour mettre son plan à exécution.

Puis il entendit la retraite sonner. Kaleb l'avait écouté et les chiens devraient lui obéir.

Il avait presque atteint son objectif, quand il reçut un choc qui faillit le faire tomber de son disque. Une bête noire aux yeux injectés de haine donnait des coups de gueule dans l'objet volant pour faire basculer Will. De toute évidence, elle avait deviné que Will avait un plan pour stopper le prince, et elle cherchait à le faire échouer pour que le massacre continue.

Un autre loup arriva sur le côté, avec un rictus de plaisir sur les babines, encore pleines de sang humain. Will se souvint alors que sa perle ne brillait plus et qu'en l'occurrence, il ne serait plus protégé des loups. Il eut un frisson d'effroi. La pensée lui vint que le seul, à proximité, à avoir cette protection était Jared, dont la perle, étant donné son jeune âge, brillait encore.

Il tira au maximum sa soucoupe pour qu'elle atteigne le deuxième étage où Jared était caché. S'agrippant au rebord de la fine ouverture, il lui lança le dôme en lui criant les instructions :

– Jared, j'ai besoin que tu appuies sur le bouton rouge, tout en tenant la manette le plus proche de toi. Surtout n'ouvre pas les yeux et n'écoute pas ce que te diront les loups.

Quand les démons comprirent le stratagème de Will, ils enfoncèrent la porte de la tour et se précipitèrent sur Jared qui, protégé d'un halo de lumière, les empêchait d'accéder au dôme et de le détruire. Le petit Elfe appuya sur le bouton, ce qui ouvrit le champ magnétique. Celui-ci recouvrit tout le camp des Elfes, rendant ainsi les tirs des Stelliens inefficaces et bloquant en même temps les loups par un mur invisible.

La bataille était finie.

L'armée stellienne ne put faire autrement que de se retirer. Le prince, debout et stupéfait pour la première fois, donna un grand coup d'épée dans l'air, comme pour terrasser l'ennemi inaccessible qui avait réussi à déjouer son plan machiavélique. Il savait, lui, que cette victoire n'était pas tant celle des Elfes et de Will que celle de son Ennemi de toujours... C'est alors qu'un souffle léger vint lui soulever les cheveux, accentuant encore sa colère. Il se retourna violemment et rentra à Stella.

Les Elfes relevèrent leurs blessés, encore sous le choc de tous les amis qu'ils avaient perdus. La nuit tombée, ils allumèrent un grand feu et prirent le temps de s'unir ensemble dans une cérémonie en mémoire des disparus. Des chants magnifiques, mais tristes, furent repris à l'unisson par tous les Elfes. Will se laissa entraîner par cette languissante mélopée.

Le lendemain matin, Kaleb convoqua une assemblée avec tout le village. Il reconnut devant tous la bravoure des vaillants guerriers. Il releva en particulier celle de Jared et le proclama ouvertement comme son héritier. Mais il ne parla pas de Will qui, voulant demeurer discret, se tenait en retrait.

Même s'il n'avait reçu aucun remerciement pour le dôme, Will savait que Kaleb lui ferait confiance désormais. Il lui avait démontré sa loyauté. Il se réjouissait aussi pour Jared qui serait, un jour, le chef des Elfes grâce à son courage, et non seulement grâce à la lignée de son père.

Will se retira pour méditer un peu à l'écart de ce peuple, dont les coutumes ne lui étaient pas encore familières. Si loin de sa famille, il commençait à avoir le mal du pays. Alvira vint s'asseoir à ses côtés pour s'assurer qu'il n'était pas trop secoué par la bataille. Avec les événements terribles et traumatisants qu'il venait de vivre, il était content que la seule Elfe capable de compassion et de bienveillance envers lui vienne le rassurer.

Elle lui dit :

– Comment te sens-tu ?

– Ça va, je suis un peu secoué par tout ce qui s'est passé aujourd'hui.

– Je comprends... Je tenais à te dire merci pour ton aide.

– C'était normal, fit humblement Will.

– C'était courageux d'être revenu pour nous protéger.

– Vous êtes aussi ma famille, fit Will avec un petit sourire.

– J'imagine que le choix n'a pas dû être facile de revenir chez les Elfes après avoir vu Stella.

Will tripota le badge que le prince lui avait offert, ne sachant quoi dire à l'Elfe.

Après un silence, Alvira reprit :

– Tu as fait le bon choix de nous remettre le dôme et de ramener Jared en lieu sûr... même si cela implique que le prince a vu de quel côté allait ta loyauté...

– J'avais tellement rêvé de cette vie d'inventeur... lâcha enfin Will avec regret.

– Etre un inventeur est une bonne chose, mais travailler pour le prince en est une mauvaise. Cet être est dangereux, sournois et diabolique ! J'aurais dû m'opposer au Conseil, quand il a été décidé de t'envoyer en mission à Stella.

– Ce n'était pas une mauvaise chose. J'ai pu inventer le dôme et... entraîner la fin de la trêve, fit Will narquois.

– Tu as surtout pu prouver que les Elfes ne disparaissent pas à cause des Stelliens, mais à cause des loups.

– Tu sais cela ? s'étonna Will.

– Malheureusement, ceux qui voient sont tellement en minorité que cela ne suffit pas à faire avancer le peuple dans la bonne direction.

Le silence se prolongea et devint pesant.

– Alors, vous les laissez faire ? s'indigna Will.

– C'est vrai, et nous avons tort ! Mais la majorité du Conseil ne voit pas et est séduite par les bénéfices apparents de la magie. Les plus jeunes votent toujours contre nos propositions avec Jehiel. Peut-être sommes-nous également fatigués, ou même un peu lâches.

Puis, après un silence, elle reprit :

– Peut-être nous fallait-il un jeune homme courageux, en quête de l'Eole, pour nous redonner confiance envers Notre Souverain et réagir !

Will baissa la tête, honteux.

– Je ne mérite pas d'être complimenté. Ma perle ne brille plus et je ne sais même pas si je désire réellement aller sur la Montagne de Feu ou tout simplement retourner vivre à Kasov.

– Tu imaginais l'avenir parfait à Stella. Mais maintenant que tu as vu le vrai visage du prince, dit doucement Alvira, ne souhaites-tu pas découvrir le chemin que l'Eole a prévu pour toi ?

– Et troquer la célébrité d'un inventeur contre l'anonymat d'une vie de pêcheur, comme mon père ? dit Will désabusé.

– Ta vie n'est pas la sienne. Ton père est heureux dans sa profession et dans son style de vie, mais l'Eole sait ce qui fera vraiment vibrer ton cœur, ce qui te remplira en profondeur. Et si tu aimes inventer, rien ne t'empêche d'être un scientifique remarquable. Regarde ce qui t'entoure: l'Eole, n'est-il pas le plus grand créateur?

Will fut touché par cette remarque. En observant un simple brin d'herbe, il vit toute la beauté et la précision minutieuse de cette simple tige. Tout ce qui l'entourait était un vrai chef-d'œuvre. Et il avait vu combien ses parents avaient été heureux de servir l'Eole. Peut-être que, finalement, le Souverain pourrait effectivement l'aider à trouver le bonheur?

Le silence qui suivit fut paisible et beau.

Ils furent coupés dans leurs pensées par l'arrivée tonitruante de Jared, qui n'était aucunement conscient des réflexions profondes qu'échangeaient les deux amis.

- Will, je t'ai préparé une de ces brochettes de légumes, tu vas te régaler! Il faut bien que je le soigne, mon grand frère, si je veux qu'il revienne nous voir après son voyage sur l'Eole!

- Ah, voilà l'enthousiasme de l'enfance qui parle! dit l'Ancienne en se relevant.

Elle se retourna et, avant de s'en aller, lança avec un large sourire:

- Will, le chemin s'ouvre devant toi, jeune homme!

13

LE ROYAUME DES NAINS

Will ne put dormir cette nuit-là ! Les paroles d'Alvira lui revenaient sans cesse en tête. Il tentait, dans un vain dialogue intérieur, de se convaincre qu'il pourrait encore retourner à Stella et vivre son rêve, mais au fond de son cœur, il n'y croyait plus vraiment !

Alvira avait su piquer sa curiosité en l'invitant à découvrir le chemin que l'Eole avait préparé pour lui. Il devait reconnaître que le Souverain avait la plus grande force de création de tout l'Armel et que, avant de sombrer dans le mal, toutes ses merveilles étaient belles et bonnes. Will se surprit à nourrir l'espoir que le Créateur accueillerait ses talents et y verrait de la fierté, un peu comme un père qui voit que son enfant lui ressemble. Le prince lui donnait effectivement la possibilité d'être un scientifique, mais un scientifique manipulé. L'Eole lui en donnerait aussi certainement l'occasion, mais avec l'assurance que ses inventions ne finiraient pas comme armes de guerre.

Après avoir pesé le pour et le contre toute la nuit, il arriva à la conclusion que son choix était devenu évident : il choisirait la vie. Car au fond, c'était tout ce qui comptait...

Il prit donc la décision de se rendre à la Montagne de Feu.

C'est pourquoi, tôt le lendemain matin, il enfourcha sa soucoupe et partit en direction du vieux pont de corde qui traversait le détroit, au sud-est du village. Il avait jugé préférable, même si cela lui faisait faire un détour, de franchir le fleuve de l'Armel le plus loin possible de la cité de Stella.

En route, il vit au loin, au bord du fleuve, une petite garnison d'Elfes qui arrêtait les navires marchands pour les contrôler et prélever le droit de passage. Il voyait le poste de contrôle et l'ingénieux système de cordages qui, une fois relevé à la surface de l'eau, empêchait les navires de passer tant que la taxe n'était pas payée. Le territoire des Elfes allait jusqu'au détroit, leur donnant ainsi le droit de taxer les bateaux lors de leurs voyages commerciaux entre les îles et l'Armel. C'est très certainement ce passage - et ses revenus - que les Stelliens convoitaient et qui provoquait une guerre sans merci entre les deux peuples depuis tant d'années.

Afin de laisser les bateaux passer, le pont pour traverser le fleuve avait été construit en hauteur, sur les rochers surplombant le détroit. Will pouvait le voir depuis l'endroit où il se trouvait. Grâce à sa soucoupe, il se mit à arpenter la montée sans peine. Il sourit en pensant à son père qui n'accorderait aucune valeur à un voyage sans effort physique.

Arrivé en haut, il descendit de la soucoupe pour franchir le pont qui, délaissé depuis trop longtemps par les Elfes, ne donnait pas vraiment envie de s'y engager.

Certaines planches étaient cassées, les cordages usés, et le moindre faux pas risquait de le faire chavirer dans le précipice. Bien que le fleuve ne coulât qu'à une quinzaine de mètres sous lui, Will préféra ne pas regarder le vide. Dans d'autres circonstances, il aurait peut-être relevé le défi de sauter et d'essayer son fameux salto arrière, mais là, il préféra se concentrer pour passer l'obstacle au plus vite.

Arrivé de l'autre côté, il redescendit à l'est, en direction de la Montagne de Feu. Il passa devant les anciennes grottes qui avaient jadis abrité le peuple des Nains.

Plus personne n'y habitait depuis bien longtemps. Les jeunes Nains étaient partis en quête de l'Eole, mais, arrivés à la Montagne, ils y avaient découvert de l'or et des pierres précieuses et avaient oublié le but de leur voyage. Ils s'étaient alors installés sur place, avaient construit une forteresse pour protéger leur trésor et creusé des kilomètres de galeries pour extraire les richesses convoitées. Les jeunes filles, quant à elles, avaient toutes choisi de devenir des Nymphes et s'étaient donc rendues dans la forêt pour attendre leur futur époux. Mais comme aucun des Nains n'était allé jusqu'au bout de sa quête, elles avaient épousé des hommes d'autres peuples qui les avaient emmenées dans leur ville. C'est ainsi que, petit à petit, le village des Nains s'était dépeuplé pour finir par être abandonné.

Will avait l'impression de marcher sur un cimetière ou une ville hantée. Il accéléra l'allure de sa soucoupe et fut soulagé d'atteindre à nouveau les rives du fleuve.

Arrivé à proximité de la Montagne, il fut surpris de constater que le chemin qui s'ouvrait à lui était large et facile à suivre. Dans son souvenir, ses parents parlaient d'un chemin étroit et discret. Dubitatif, il chercha un autre accès du regard, mais comme il n'en voyait aucun, il continua sur cette voie. La route contournait légèrement le flanc est de la Montagne et menait à l'imposante muraille de l'empire des Nains, érigée sur la face nord. L'imposante forteresse, protégée par deux murs d'enceinte et plusieurs tours de garde percées de meurtrières, paraissait imprenable.

La large route s'arrêtait là, devant la douve entourant la cité. Will n'avait vu aucune intersection ni aucun autre chemin qui aurait pu mener à l'Eole. Ne sachant comment poursuivre son voyage pour monter sur la Montagne, il attendit, quelque peu désemparé, au pied de l'énorme citadelle. Au sommet de la muraille, il vit un reflet aux mille éclats de soleil. Puis, dans un grincement sonore, le pont-levis se baissa. Une imposante herse métallique se leva, et la magnifique porte en bois massif s'ouvrit lourdement : tout indiquait qu'il allait être accueilli dans la cité de Jade.

A peine avait-il franchi la porte, que des Nains, entre les créneaux d'une tourelle, commencèrent à jouer pompeusement de la trompette. Puis, dix cavaliers, munis de fanions à l'effigie des Nains, paradèrent sur des poneys et se placèrent pour former une haie d'honneur. Au centre, le seigneur des lieux arriva avec... un petit bolide de Stella !

Le véhicule, qui arrivait à toute allure, tourna brusquement dans un crissement de pneus et s'arrêta à quelques centimètres de Will. A l'intérieur, un Nain tapait sur la vitre et semblait proférer toutes sortes de jurons.

Surpris, Will attendit quelques instants. Mais comme le Nain devenait de plus en plus rouge et que personne ne venait pour lui ouvrir la portière, il décida de le faire lui-même. Un petit bonhomme joufflu, avec une longue barbe recouverte de perles et de joyaux, en sortit tout énervé.

– C'est incroyable que cette portière soit encore coincée! Avec le prix que me coûtent ces gadgets, ça devrait fonctionner! vociféra le Nain avec agacement.

Il donna un coup avec ses petits souliers pointus dans le bolide et se retourna enfin vers Will. Voyant que le Nain avait des talons et essayait maladroitement de tenir en équilibre en se hissant sur la pointe des pieds, Will en déduisit que son hôte n'appréciait pas sa petite taille. Pour ne pas le mettre mal à l'aise et ne pas l'irriter davantage, il descendit de sa soucoupe et s'inclina légèrement. Le Nain, flatté, s'apaisa et agita joyeusement les bijoux qui brillaient et cliquetaient sur chacun de ses vêtements soyeux. Il en fit presque tomber l'imposante couronne incrustée de joyaux qui trônait sur sa tête. Will se demanda si ce n'était pas son accoutrement excentrique qui était la raison du blocage de la porte.

– Bien cher Ambassadeur de la Technologie de Stella, soyez le bienvenu dans la cité de Jade, dit le Nain avec prestance.

– Merci de me recevoir, bien cher roi des Nains, fit Will en espérant ne pas faire d'impair.

Un silence se fit. Le Nain semblait attendre quelque chose, mais Will ne saisissait pas quoi. En fait, il ne connaissait rien aux coutumes des Nains. Devait-il lui faire un baisemain? Le flatter sur sa tenue excentrique et sur la quantité de bijoux précieux qu'il portait? Will se dit soudain qu'il devait très certainement payer son passage dans la cité de Jade. Il n'avait plus d'écus sur lui... mais il avait le discobole, qui valait largement une entrée dans ces lieux. A regret, il tendit la soucoupe vers le roi en s'inclinant encore un peu plus. Le Nain ne se fit pas prier. Il saisit l'engin avec une telle vélocité, que Will faillit en perdre l'équilibre.

– Quel magnifique cadeau! fit le Nain en observant l'appareil sous tous les angles. Un exemplaire fascinant du premier Art! Comme c'est aimable à vous d'avoir pensé à m'offrir ce modèle dernier cri de la cité de Stella. J'imagine que c'est la mode actuelle!

– C'est l'original que je viens de terminer, fit Will un peu écœuré de devoir le lui laisser.

– Vous remercierez le prince pour sa largesse à mon égard. Quel ouvrage! Vous êtes vraiment un inventeur prometteur, fit le Nain avec un clin d'œil.

Le compliment monta à la tête de Will et il n'osa pas dire qu'il avait renoncé à l'honneur de travailler à Stella. D'autre part, il savait les Nains très amis avec les Stelliens. Si le petit roi apprenait qu'il ne venait pas au nom du prince, il pourrait avoir des ennuis...

Ils montèrent tous les deux dans la petite voiture et, après que Will eut pu coincer toutes les parties de son corps dans le trop petit véhicule, la troupe de fanfarons leur ouvrit la route jusqu'aux portes du château. Contrairement à l'arrivée du roi, le retour se fit au pas de sénateur. Will eut tout le temps d'observer la cité. Les ruelles étaient toutes pavées d'or. Beaucoup de Nains étaient sortis les saluer. Ils étaient tous parés de diadèmes, de vêtements cousus d'or fin et leur barbe brillait de mille feux, mais aucun n'avait de perle brillante à leur cou et Will remarqua qu'il n'y avait effectivement aucune Naine dans la cité de Jade.

Comme la montée jusqu'au palais semblait durer encore un moment, il en profita pour questionner le petit roi :

– Avez-vous déjà rencontré l'Eole ?

Will regretta instantanément d'avoir exprimé tout haut ses interrogations... N'était-il pas censé être l'émissaire du prince ?

– J'espère que vous ne cherchez pas à faire affaire avec quelqu'un d'autre, fit le Nain soupçonneux. Il n'y a pas d'autre roi que moi sur cette montagne, et vous verrez que le trésor de l'Eole est nôtre. Il n'y a personne de plus riche que nous. Le prince peut continuer de compter sur notre collaboration.

Le petit bolide pénétra dans la cour du palais dont les murs étaient finement sculptés. Des gargouilles en or protégeaient les parvis et des drapeaux colorés ornaient les murs. On voyait ici l'expression orgueilleuse d'un peuple riche, et fier de l'être. Cette architecture n'avait plus rien à voir avec la fortification massive et brute au pied du rocher, construite pour protéger des voleurs.

– Regardez, reprit fièrement le Nain quand la voiture passa le portail, je vous ouvre les portes du paradis.

Lorsqu'ils furent arrivés à destination, deux serviteurs, qui étaient de la race des Fées, se pressèrent de dérouler un tapis rouge devant le « carrosse » jusqu'à l'entrée du palais. Après avoir achevé leur tâche, ils durent revenir prestement pour ouvrir la portière du véhicule, à nouveau coincée par la barbe du roi. Il était temps: sa majesté s'impatientait.

– N'auriez-vous pas pu concevoir une ouverture automatique des portières? maugréa le Nain.

– C'est une bonne idée, fit Will qui, lui, aurait plutôt proposé que le roi se coupe la barbe et enlève quelques-uns de ses atours.

Will sortit de la voiture et demanda qu'on lui amène tout le matériel nécessaire pour réparer la portière « défectueuse ». Et, sous la mine ravie du Nain, il parvint à la remettre en état.

– Vos talents n'ont d'égal que l'or, mon ami! s'enthousiasma le roi. Venez donc vous rafraîchir dans mon palais et nous parlerons de votre travail à Stella.

– C'est-à-dire...

Will n'osait toujours pas révéler la vraie nature de sa visite. Faire croire qu'il travaillait pour la gloire du prince l'agaçait, mais dire la vérité était certainement dangereux.

– Allez, allez, ne vous faites pas prier, fit le Nain en invitant Will à passer dans le hall d'entrée dont les murs étaient tapissés de lys brodés de fils d'or.

Ils traversèrent ensuite un énorme salon, si chargé de meubles sculptés, de rideaux brodés, de portraits de Nains pompeux et de bibelots ornés de pierreries, que l'air en devenait étouffant.

Ils atteignirent enfin la terrasse, où Will put à nouveau respirer. La vue était en effet spectaculaire: la cité de Stella émergeait, tel un bouton d'or, et resplendissait au milieu du cours d'eau et des collines. Cependant, Will s'émerveilla davantage encore devant l'étendue des plaines et des champs qui bordaient la rivière jusqu'aux lointaines chutes. Il frissonna en observant le cirque de la falaise et son cœur se mit à battre en distinguant, tout au nord, le minuscule village de Kasov. A voir les nuages noirs qui s'y amoncelaient, il devait y pleuvoir à verse. Sa famille lui manquait!

En allant s'installer confortablement sur un sofa, le Nain reprit:

– C'est d'ici que j'assiste aux magnifiques combats que vous menez contre les Elfes. Nous avons une vue imprenable, et parfois nous avons droit à de très bons divertissements! dit-il en ricanant.

Regarder deux peuples s'égorger comme s'il s'agissait d'un spectacle était, somme toute, d'une grande perversité. Mais cela ne semblait pas l'effleurer. Une fois qu'ils étaient installés sur les canapés moelleux, deux Fées vinrent agiter un éventail, tandis qu'une troisième vint leur offrir des rafraîchissements. Will, soupçonneux, en demanda la composition pour s'assurer que ce breuvage n'était pas mélangé à une larme de sorcière.

– Les Fées sont parfaites, continua le roi. Elles sont souriantes et cèdent à vos moindres caprices. De plus, leur coût est tout à fait raisonnable. Je peux vous en faire venir une ou deux des îles, si vous le souhaitez, fit le Nain à Will avec un clin d'œil.

Will ne savait pas qu'en plus d'avoir été exilées sur les îles pour servir les riches vacanciers, les Fées étaient aussi vendues comme esclaves. Le Nain vit l'indignation qui se lisait sur le visage de Will et s'en amusa:

– Ne faites pas cette tête-là, jeune homme. Nous les traitons bien. Et cela nous fait plaisir de voir des demoiselles dans le palais.

– J'ai en effet remarqué qu'il n'y avait pas de Naine dans cette cité, fit Will.

– C'est parce qu'il n'en existe plus! fit le Nain en levant les bras au ciel. Elles ont toutes choisi de rester des Nymphes et font les difficiles. Elles ne veulent que des hommes dont la perle brille à leur cou. Nous sommes pourtant venus jusqu'ici, à la Montagne de l'Eole, afin que nos perles brillent. Mais ce fut peine perdue. Tout scintille ici... mais impossible d'éclairer nos propres perles.

– C'est que vous n'avez pas trouvé l'Eole, qui habite au sommet de cette Montagne. J'ai entendu dire que Lui seul en a le pouvoir, risqua Will.

– C'est impossible de le trouver. Il est mort!

– Comment ça, mort? fit Will abasourdi.

– C'est le prince qui nous l'a dit. Il nous a alors montré la route qui mène de ce côté de la Montagne et nous y avons trouvé le trésor de l'Eole. Pour le protéger, nous avons bâti des murailles et n'avons laissé entrer que les Nains. Mais... se reprit-il soudain... tout Humain recommandé par le prince est le bienvenu! Bien entendu.

– Comment pouvez-vous être sûr que le Souverain de l'Armel est mort? s'étonna Will.

– Le prince nous l'a affirmé ! Et depuis tout ce temps, nous l'aurions trouvé si ce n'était pas le cas !

Le Nain se leva.

– Le seul roi de ce pic, vous l'avez devant vous ! proclama-t-il en faisant le paon sur la terrasse. Vu que l'Eole n'existe plus, c'est moi qui ouvre les portes du Paradis ; c'est moi qui, grâce à mon trésor, fais la pluie et le beau temps sur tout l'Armel.

Il n'avait pas fini sa phrase, que le vent se leva et qu'un terrible orage gronda. Le Nain, trop fier de sa rhétorique pour s'en apercevoir, ne vit pas la pluie arriver. L'abondante averse tomba sur lui comme un seau d'eau, changeant sa mine altière en une figure pitoyable de petit chien mouillé. Un domestique arriva en courant avec une ombrelle et une serviette, mais soudain, une rafale emporta le tout. Le serviteur et Will purent rapidement s'abriter, tandis que le Nain se trouvait encore sur la terrasse à lutter contre le vent. Will ne comprit pas tout de suite comment ce vent pouvait empêcher le roi de rentrer... Mais il semblait vraiment faire face à un ouragan ! Tantôt à plat ventre, tantôt sur le dos, le Nain essayait par tous les moyens de rentrer dans son palais. Sa barbe s'envolait et, encombré par sa cape et tous ses colliers, il trébuchait à chaque pas.

– Enlevez votre cape et vos bijoux, lui criait Will, vous irez plus vite !

– Vous ne voudriez pas que je coupe ma barbe, pendant que vous y êtes ? s'énerva le Nain qui se débattait contre la tornade. Venez donc m'aider au lieu de regarder sans rien faire !

Will ne put s'empêcher de rire, tant le spectacle qu'offrait le Nain dans son combat contre le vent était grotesque !

Il se rendit alors compte que ce n'était qu'un juste retour des choses face à l'arrogance du Nain qui se prenait pour l'Eole et qui avait assisté, depuis sa terrasse, aux terribles massacres de l'Armel.

C'est donc sans se presser que Will ressortit pour aller au secours du Nain.

14

FAUX-SEMBLANTS

Pour se remettre de son humiliation, le Nain proposa à Will de se rendre dans ses bains thermaux.

– Mouillé pour mouillé... fit le Nain avec un sourire un peu forcé.

Ils descendirent quelques escaliers pour atteindre une petite alcôve. Will comprit qu'ils étaient dans un vestiaire, quand il vit le Nain se déshabiller. Une Fée était là pour prendre les habits, mais Will, sous l'œil amusé du Nain, refusa d'enlever ses sous-vêtements. Le roi rit dans sa barbe et dit pour lui-même : « Ah, ces jeunes qui vont aux bains tout habillés ! »

Will encaissa la moquerie, mais constata que le petit roi n'avait pas enlevé un seul de ses bijoux (hormis sa couronne) et paraissait encore plus habillé que lui !

Ils entrèrent dans une salle éclairée par de petites lumières qui se reflétaient sur les cristaux qui parsemaient la voûte comme un ciel étoilé. C'était magnifique ! La piscine était incrustée de joyaux, donnant à l'eau des reflets tantôt émeraude tantôt rubis. Quand Will pénétra dans le bassin, il vit que l'eau était saupoudrée d'or. Il plongea sa main et en la ressortant, elle était joliment dorée. Il entra complètement dans les bains chauds où quelques courants et remous détendirent parfaitement son corps fatigué. Un agréable parfum le fit plonger dans un doux rêve étoilé où tous ses soucis s'envolaient. Quand il ferma les yeux, même sa quête pour l'Eole sembla s'évaporer dans les vapeurs de cet endroit féerique.

Will fut ramené à la réalité par un jet qui lui éclaboussait la tête. C'était le Nain qui s'amusait à le viser avec l'eau d'une petite fontaine décorative. Le Nain semblait tout ragaillardi et jouait comme un gamin à l'éclabousser. Semblant satisfait d'avoir taquiné Will, il sortit du bassin en disant :

– Il est temps de nous changer. Nous avons bien assez profité des bienfaits de ces eaux magiques, et j'imagine que l'orage a cessé.

Will se sentait bien et reposé, mais il ignorait combien de temps il s'était assoupi. Il avait en effet complètement perdu la notion du temps, et son esprit était encore quelque peu embrumé. Dans l'alcôve, il retrouva ses vêtements propres et repassés, ainsi qu'un caleçon de Nain ; taille XS.

– L'eau est-elle vraiment magique ? demanda Will.

– Quel âge me donnes-tu ? fit le Nain en gardant la pose.

– 50 ans, fit le garçon en pensant être poli.

– Plus de 300 ans ! fit-il, l'air satisfait, en affichant un grand sourire.

Il expliqua que l'eau avait le pouvoir de prolonger la vie, car la Montagne était encore empreinte de l'essence de l'Eole.

Will se rappela soudain sa quête et espéra pouvoir quitter cette prison dorée le plus rapidement possible. C'était sans compter sur l'hospitalité de son hôte, qui le conduisit, presque de force, sur la terrasse pour lui offrir un repas.

Les mets étaient raffinés et Will dut avouer qu'il n'avait pas aussi bien mangé depuis des jours. Le plateau de desserts le ravit particulièrement. Il s'y trouvait des fruits colorés, finement apprêtés, qu'il n'avait encore jamais vus. Ils étaient onctueux et bien plus sucrés que ceux qui étaient cultivés sur l'Armel.

Remarquant l'intérêt de Will, le Nain l'invita à se lever et à se rendre au bord de la terrasse. En se mettant sur la pointe des pieds, il désigna la mer du doigt et dit :

– Regardez donc tout à l'ouest, au-delà du détroit. Vous voyez ces petites îles ? demanda le Nain. Eh bien, c'est de là que proviennent ces succulents fruits.

Will n'avait jamais vu les îles et n'avait encore moins pu les visiter. Seules les personnes aisées pouvaient s'octroyer ce genre de luxe. Il imagina ces lieux paradisiaques et la végétation luxuriante, comme celle qu'il avait pu admirer dans les jardins de la tour de Stella.

Son regard se posa ensuite sur les navires qui remontaient le fleuve de l'Armel. Ils étaient probablement chargés d'épices et d'aliments délicieux en provenance des îles et s'arrêtaient au poste des Elfes pour payer la taxe de passage.

Le Nain, qui suivait le regard de Will, frappa du poing sur la balustrade et s'écria :

– GRRR ! Voir mes navires commerciaux arrêtés au détroit pour payer des taxes à ces Elfes... voilà qui gâche la vue ! !

Will comprenait mieux pourquoi les Nains investissaient leur argent à Stella. Certes, les inventions les intéressaient, mais leur réel objectif était d'obtenir, au travers de la victoire stellienne contre les Elfes, un accès gratuit au détroit.

– Avec notre aide financière et la tactique du prince vous réussirez à venir à bout du peuple des Elfes, reprit le Nain, confirmant les soupçons de Will. Vous avez déjà annexé le territoire des Fées, ce n'est qu'une question de temps pour que Kaleb et son armée tombent. Vous et moi aurons bientôt le contrôle total du détroit. Nous n'aurons plus à payer des taxes pour commercer avec les îles et nous rentrerons chacun dans nos frais.

Will comprenait bien l'intérêt du Nain et le bénéfice qu'il tirait à financer cette guerre. Mais il avait plus de mal à comprendre le jeu du prince. Il l'avait vu, la veille, se délecter des combats. Il avait aussi remarqué qu'il les avait laissés se prolonger, même en voyant les Stelliens se faire dévorer. Le prince faisait-il semblant de protéger les Stelliens ? Comme les loups vis-à-vis des Elfes...

Quelques bribes de l'histoire que lui lisait son grand-père dans le livre des Origines lui revinrent alors à l'esprit : le prince était une créature de la Montagne de feu. Il s'était révolté contre son Créateur, l'Eole, et s'était arrogé le droit de posséder ses terres pour les asservir et les détruire par le feu. Il voulait tout dominer pour mieux écraser la création magnifique de l'Eole... Son grand-père lui disait que là était le réel but du prince.

Will frémit à cette pensée. En regardant le monde de l'Armel qui s'étendait devant lui, il fut saisi de stupeur en se rendant compte que seule une poignée d'Elfes résistait encore au pouvoir du prince.

Will, comme paralysé par cette vision, n'entendait plus le Nain parler. Il n'avait plus aucune idée du temps qui passait et, quand il reprit ses esprits, il se trouvait dans une salle dédiée à un musée de Collections qui exposait d'anciennes machines. Le roi discourait longuement sur chacune des reliques qui avaient, selon lui, changé la face du monde.

Le Nain, voulant sans cesse étaler toutes ses richesses, lui fit encore endurer, pendant plus d'une heure, les descriptifs assommants de chaque œuvre d'une galerie d'art poussiéreuse. Ils arrivèrent enfin à une des tourelles de la garde, à l'air libre. Will respira un bon coup. Il avait survécu à tous ces musées et à toutes ces galeries d'art ! Mais, à voir l'enthousiasme du Nain qui ne faiblissait pas pour lui faire visiter sa cité, il ne semblait pas encore tiré d'affaire. Will s'encouragea intérieurement en se rappelant qu'il était toujours en vie et que c'était la seule chose qui comptait.

Le Nain s'avança, fier comme un paon vers une des meurtrières. En faisant tinter tous ses bracelets, il dit en la montrant avec révérence :

– Voyez, je suis un grand inventeur moi aussi.

– Vous parlez de ce trou dans le mur ?

– Mais non, pas un trou, une meur-tri-ère, articula le petit bonhomme un peu courroucé.

Il reprit la pose et montra le trou comme si c'était le summum du prestige des inventions.

– Grâce aux meurtrières, vous pouvez voir l'ennemi arriver, mais lui ne vous verra pas. Grâce à la percée qui se rétrécit vous devenez invisible !

– Ingénieux, répondit Will poliment.

– REMARQUABLE, FABULEUX ! s'exclama le Nain. J'ai créé l'homme invisible, tout de même.

Will fit mine d'être impressionné et ne dit pas au roi que les Elfes avaient ce genre de petites ouvertures dans leur tour de garde depuis bien longtemps...

– Vos armes sont aussi intéressantes, reprit le Nain dans un accès de modestie. Il faut être indulgent avec la jeunesse, aucun Humain n'a mon âge.

Will pensa au prince, qui devait être bien plus âgé encore, mais qui n'était certainement pas un Humain.

Le Nain lui expliqua avec force détails tous les atouts d'une meurtrière.

– Avec une alliance comme la nôtre, reprit le Nain, les Elfes seront bientôt écrasés.

– Will se mit à transpirer en imaginant les conséquences d'une victoire totale du prince. Dégoulinant de sueur, il s'épongea le front. Si le prince gagnait, son monde serait complètement transformé ! Will fut pris d'un malaise et s'affaissa sur le sol froid.

– Vite ! cria le Nain, paniqué, à l'un des gardes. Qu'on le transporte à l'ombre ! Le pauvre, il a dû avoir une insolation !

Avec empressement, les gardes ramenèrent Will à l'intérieur du palais. Le Nain, inquiet, tapotait vigoureusement la main de Will et vociférait des ordres pour que les Fées amènent des éventails, des jus de fruits et de la glace. Il était en panique. Ce n'était pas bon pour les affaires que le délégué de Stella fasse un malaise dans son royaume. Sa réputation risquait d'en souffrir...

Will se réveilla lentement, puis but quelques gorgées d'un jus doucereux. Comme il reprenait des couleurs, le Nain fut rassuré.

– Vous m'avez fait peur ! dit-il dans un soupir de soulagement. J'espère que ce ne sont pas mes propos de tout à l'heure qui vous ont angoissé ?

Comme Will se levait doucement et n'articulait que péniblement quelques syllabes, le Nain poursuivit ses excuses :

– Je ne voulais en aucun cas minimiser l'efficacité de vos armes. D'ailleurs, hier, votre combat contre les Elfes a été remarquable. Quel brio ! Un brin d'horreur et de folie meurtrière. C'était une magnifique démonstration de votre force technologique !

Will, se rappelant la bataille de la veille, eut un haut-le-cœur et faillit s'évanouir à nouveau.

– Les Elfes ne sont pas encore vaincus... ne put s'empêcher de dire Will à voix haute.

– Malheureusement ! fit le Nain qui n'avait pas compris le sens de sa phrase. J'ai effectivement été surpris de les voir détourner le dôme contre vous, mais ce n'est qu'une question de temps. Avec mes finances, vos talents d'invention et la force militaire des Trolls, les Elfes ne tiendront plus longtemps et le détroit sera bientôt nôtre.

– Il y a eu beaucoup de morts... nuança Will.

– Oh, il y en a toujours, quand on teste les nouveaux armements militaires !

– Mon but n'est pas de fabriquer des armes, mais une technologie écologique, fit Will.

– Si votre équipement de combat est biodégradable, c'est encore mieux. Je suis même prêt à mettre un petit supplément pour sauvegarder la nature de l'Armel, dit le Nain en souriant.

Ce petit roi joufflu est complètement fou ! pensa Will. Le Nain, quant à lui, très satisfait de ce temps d'échange diplomatique, raccompagna Will jusqu'au pont-levis avec sa petite voiture aux portières automatiques.

Will le remercia son hôte. Celui-ci, tout guilleret, était certain qu'avec tous les soins prodigués au délégué de Stella, les affaires avec le prince ne pourraient que prospérer !

Quant à Will, il avait vécu un véritable cauchemar dans cette forteresse, mais il en avait appris assez sur le prince pour se réjouir de ne plus être à son service. Il eut une pensée pour Fox, le chercheur de Stella, qui essayait sincèrement d'aider les gens sans se douter que ses inventions étaient détournées à des fins militaires.

Il franchit les douves et s'arrêta sur le large chemin. La nuit allait bientôt tomber. Il était enfin débarrassé du Nain, restait encore à trouver le sentier de l'Eole. Il lui fallait déjà quitter ce chemin large qui menait à ce monde cupide, égoïste et fou. Le côté positif de toutes ses mésaventures, c'était qu'elles lui donnaient de plus en plus envie de rencontrer le Souverain, de connaître Celui dont toute sa famille louait les qualités, la bonté et la sagesse.

15

LA FORCE DE L'ÉOLE

Will quitta la route et traversa les champs à la recherche d'un autre chemin qui le mènerait à l'Eole.

Tout était devenu calme le long du fleuve. Les navires étaient ancrés au port de Stella pour la nuit. Les marins avaient déserté les quais et l'agitation du commerce avait cessé. L'obscurité qui tombait commença par estomper le paysage qui s'étendait de l'autre côté de l'Armel. Puis les reliefs s'effacèrent de plus en plus sur la Montagne, jusqu'à ce que même l'immense Pic ne se découpe plus sur l'horizon. Enfin, le sommet de l'Eole disparut dans la nuit.

Comme il ne voyait plus rien, Will aurait dû arrêter ses recherches depuis longtemps. Mais il ne pouvait s'empêcher de scruter le moindre escarpement sur la paroi de la Montagne pour trouver le sentier, pour achever sa quête... Il persévéra jusqu'à ce que, découragé, il comprenne que ses recherches resteraient vaines ce soir. Il marcha alors, comme perdu, dans les champs où s'entremêlaient le bon grain et l'ivraie, jusqu'à ce que, tombant de fatigue, il s'endorme, là, à même le sol.

Sa nuit fut agitée. Dans ses rêves, il poursuivait une chimère, mais à chaque fois qu'il allait l'atteindre, le sol se dérobait sous ses pieds et il devait recommencer...

L'aube le réveilla doucement. Will s'assit et contempla la faible lumière qui apparaissait à l'horizon, promesse d'un jour nouveau. Le Soleil naissait. D'abord comme un fil d'or se découpant sur la terre encore noire. Puis les ombres reculèrent, comme si les ténèbres, submergées par la force créatrice du soleil, s'inclinaient peu à peu. Will avait l'impression que l'astre le rejoignait, comme marchant sur la terre. Soudain, cette douce lumière vira au rouge. Toute la plaine se trouva teintée de couleur écarlate comme le sang. Il se souvint alors des massacres, des corps mutilés et de toutes les atrocités de la guerre. Will pleura.

Puis le soleil retrouva de son éclat blanc et éblouissant. L'astre s'éleva en roi dans le ciel de l'Armel. Ses rayons chassèrent les dernières emprises de l'obscurité. Le nouveau jour était maintenant triomphant. Dans cet éclatement de vie, la nuit était morte.

Une douce brise sécha les larmes de Will.

Le jeune homme tourna la tête vers la Montagne et en resta bouche bée ! Là, devant ses yeux, l'éclatante lumière du matin révélait distinctement l'étroit chemin qu'il avait vainement cherché la veille.

Will se souvint alors des histoires que son grand-père lui racontait. Il repensa notamment à ce qu'il lui avait dit au sujet de la nuit où le dragon avait embrasé la Montagne pour la détruire. Au petit matin, seule une marque brunie était restée visible sur son flanc. Semblable à une cicatrice, ce sentier se révéla être pour Will le seul chemin pour accéder à l'Eole.

Sortant de ses pensées, il s'en approcha pour l'emprunter. Il s'apprêtait à attaquer l'ascension, quand il entendit un hurlement féroce dans son dos. Il se retourna et vit, dans le ciel, le dragon noir qui fondait sur lui comme un aigle sur sa proie. Sûre de sa victoire, l'énorme bête en fureur, dont les yeux noirs étincelaient de contentement, plongeait sur le jeune homme dans un nouveau rugissement.

Se voyant perdu, Will vit la totalité de son voyage défiler devant ses yeux, comprenant avec désespoir qu'il avait vécu tout cela en vain ! Face au prince, il se sentait impuissant et incapable de lutter. Il était à sa merci.

Soudain, le temps sembla se figer. Will sentit un Vent léger lui caresser le visage. Cette douce brise lui rappela tous les êtres aimés qu'il avait croisés. Il se souvint de chacune de ces belles rencontres qui, tout au long de son chemin, avaient eu tant d'importance et l'avaient encouragé à rencontrer l'Eole. Puis, le Vent se fit plus fort. Will revit l'attaque des Trolls déchus et celle du loup, ainsi que sa chute au bas de la falaise. Il repensa aux nombreuses fois où l'Eole l'avait déjà secouru. Le Vent l'attira alors tendrement dans les bras protecteurs de la Montagne. Will leva les yeux vers le Pic et ne vit plus le dragon menaçant. Il commença à grimper sur le sentier, sans plus se soucier du monstre ailé.

Il était en paix.

Pourtant, le dragon arrivait à sa portée, et il se mit à souffler sur Will un feu violent et incandescent. Mais cette fournaise ardente n'atteignit pas le jeune homme! Un Vent plus soutenu encore se mit à souffler de la Montagne, tel un ouragan, et contra le feu que crachait la créature. Le dragon redoubla d'efforts et lutta tant qu'il pouvait, mais de chasseur qu'il était, il devint la proie. Ses forces diminuaient, tandis que le Vent, lui, demeurait fort. Affaibli, le dragon finit par tomber du ciel comme une étoile filante. A terre, épuisé et agonisant, il ne put que retourner chez lui en rampant comme une ombre mordant la poussière.

16

LA RENCONTRE

Will sentait dans son dos des courants d'air chaud qui le portaient le long du sentier et qui rendaient cette abrupte ascension aussi aisée qu'un chemin de plaine. La poussée était parfois si forte, qu'il avait même l'impression de voler. Il entendait l'air joyeux que soufflait le Vent à ses oreilles, comme pour l'entraîner dans une farandole festive. Plus il montait et plus Will percevait des nuances entre les Vents. Il put bientôt en distinguer trois: l'un fort comme le tonnerre, l'autre doux comme la brise du soir et le troisième frais comme la rosée du matin.

Au sommet du Pic, les trois Vents s'assemblèrent pour n'en former plus qu'un. Il se mit alors à tourbillonner de plus en plus vite, mais étonnamment, Will ne ressentait plus aucun souffle. Le tourbillon se condensait de plus en plus et il finit par se matérialiser. Will vit alors apparaître le Souverain de la Montagne: L'Eole. Il en émanait une telle intensité, une telle explosion de Vie, qu'il en eut le souffle coupé. Mais en même temps, il fut rempli d'un calme serein, et une paix profonde l'envahit. Cet improbable contraste lui révélait la richesse et la pluralité de cet Etre hors du commun.

Cependant, face à tant de beauté et de sainteté, ses propres fautes se rappelèrent à lui. Toutes les mauvaises actions qui avaient parsemé sa vie se révélaient soudain et lui revenaient en mémoire. Le frappant contraste entre l'Etre radieux qui se tenait devant lui et les noires souillures de ses fautes passées lui fit tourner la tête.

Pris de nausées, il mit un genou à terre. Puis il leva la tête et vit alors arriver dix majestueux centaures en armure et munis d'un arc. Chacun de ces êtres mi-homme mi-cheval faisait plus de deux mètres de haut. Avec leur musculature saillante, ils ressemblaient à des colosses. Ils vinrent se placer entre lui et le Souverain, bandèrent leur arc et tirèrent leurs flèches dans la direction de Will, clamant ensemble d'une voix grave et sans appel:

– Chacune de nos flèches te condamne. Tu n'es pas digne de t'approcher de l'Eole.

Will blêmit. Il se savait coupable. La convoitise, l'égoïsme, l'orgueil, la moquerie... tout le mal qu'il avait commis résonnait dans sa tête et lui donnait des haut-le-cœur. Dix fautes... ce n'était pourtant pas un mauvais score pour ce monde, mais qu'importait le nombre de condamnations... une seule lui vaudrait une mort certaine.

Il se souvint alors des paroles que son père lui avait dites après le combat contre le dragon: «Crains Celui qui a les clés de la résurrection.»

Il baissa la tête et supplia:

– Je regrette chacune de mes mauvaises actions ou pensées. Je comprends maintenant que le salaire de mes fautes est la mort, c'est pourquoi j'en appelle à Celui qui détient les clés de la résurrection.

Les centaures tirèrent. Will, qui avait toujours la tête baissée, entendit les flèches siffler. Il ferma les yeux, résigné. Face au très Saint, sa mort n'était que justice. Il attendit, puis releva la tête et ouvrit les yeux, s'étonnant d'être encore en vie. Aucune des flèches ne l'avait atteint. Elles gisaient là, sur le chemin, brisées en deux, à quelques mètres de lui.

Les centaures avaient subitement changé de cible: au lieu de viser le cœur de Will, ils avaient pris pour cible celui de la Montagne. Les flèches s'étaient alors cassées en heurtant violemment le sentier. Will put voir les marques qu'elles avaient laissées juste devant lui. Mais le Vent poussait les flèches brisées dans le vide de la falaise, afin que nul ne puisse les reprendre. Il montrait ainsi à Will que ses fautes étaient déjà oubliées. Le Pic avait pris sur Lui ses fautes, les avait brisées et les faisait disparaître. Elles n'existaient plus.

– Comment est-ce possible? articula Will.

– Tes fautes sont mortes, et toi, tu es en vie... C'est tout ce qui compte, non? dit le Souverain en souriant. Maintenant, lève-toi et réjouis-toi, car plus rien ne pourra te séparer de mon amour.

Les centaures s'étaient écartés, formant une haie d'honneur pour laisser l'Eole s'approcher de Will. Le garçon se releva et vint se blottir dans les bras de Celui qui l'accueillait comme un fils. En sa présence, tout était harmonieux!

Will était émerveillé par ce qu'il ressentait. C'était sa première rencontre avec le Souverain, il avait pourtant l'impression de le connaître depuis toujours. C'est Lui qui avait été dans chacun des moments d'amour, de joie et de bonheur qu'il avait vécus.

L'Eole posa un regard plein de joie sur Will et dit affectueusement :

– Will, mon enfant !

Ses simples mots le bouleversèrent. Il serra, encore plus fort, Celui dont il avait eu tant besoin toutes ces années.

Dans les bras de l'Eole, Will sentit le Souffle le remplir de vie et d'amour. Sa perle se remit à briller et, pour la première fois depuis longtemps, il eut vraiment l'impression de respirer.

Il resta un long moment à écouter l'Eole qui lui parlait tendrement. Ses paroles, Will le sentait, se gravaient dans son cœur. Le Vent caressa doucement ses cheveux, puis souffla sur chacune de ses blessures, les guérissant instantanément et les faisant disparaître comme des grains de poussière s'envolant dans l'air.

Will aurait souhaité que cet instant d'éternité ne s'arrête jamais. Mais après avoir attendu le temps nécessaire, l'Eole regarda Will tendrement et lui dit :

– Il est maintenant l'heure pour toi de retourner sur les terres de l'Armel. Tes amis et ta famille t'attendent.

– Mais je veux rester auprès de vous ! Toujours ! s'écria Will.

L'Eole posa sa main sur la perle de Will et lui dit d'un ton rassurant :

– Je serai avec toi tous les jours. Je te l'ai promis, rien ne te séparera plus de moi, n'aie pas peur.

Will reçut la paix. Il se retira doucement de l'étreinte de l'Eole et ne ressentit aucune peur; il était comblé. La présence de l'Eole était en lui. Et lui resterait uni à l'Eole. Ses émotions et ses pensées n'étaient plus uniquement les siennes; tout en lui était, désormais, lié au Souverain. Ce fut comme si son cœur battait à un autre rythme, comme si son regard changeait de perspective. A cet instant, Will connut les sentiments de l'Eole et il se dessina dans son esprit les personnes qu'il avait vues durant son voyage.

La vision des Elfes, de Kaleb et Jared aux prises avec les loups. Les visages de Fox le chercheur, de Karlos le marchand, du Troll et des Fées de Stella, tous au service d'un prince maléfique. Même les Nains et leur roi lui firent pitié. Will regarda le Souverain, sa chemise de lin se teignait de rouge à la hauteur de la poitrine. Il saignait...

– Comme toi, ils me cherchent, souffla l'Eole débordant d'amour. Et mon cœur saigne de savoir mes enfants prisonniers de ce monde en souffrance.

– Pourquoi ne pas arrêter ce mal aujourd'hui? Vous êtes bien plus puissant que le dragon! cria presque Will qui partageait à cet instant la douleur des émotions de l'Eole.

– Ce jour vient bientôt, et tu n'imagines pas combien il m'est difficile d'attendre. Mais d'ici-là, le chemin est ouvert sur le flanc de la Montagne pour accueillir tous ceux qui souhaiteraient me rencontrer et être vainqueurs du dragon dans leur vie.

Pour Will, qui se trouvait sur la Montagne face au Souverain, il était devenu impensable de ne pas choisir le chemin de la vie: le chemin de l'Eole. Mais il se souvint alors de ses propres doutes, de ses réflexions confuses et de ses choix souvent mal avisés. N'était-ce pas trop difficile pour les habitants de l'Armel de prendre conscience de ce qui se jouait dans leur vie ?

Il revit la patience de ses parents qui, jour après jour, avait tenté de lui témoigner l'existence de l'Eole. Même s'ils l'avaient parfois fait avec maladresse, il se rendait compte, maintenant, de l'importance de ces petites discussions et de ces enseignements. Quelle patience l'Eole avait-il manifestée à son égard, pour se montrer présent et protecteur, sans jamais lui ôter la possibilité de faire un choix personnel !

L'Eole souriait tendrement.

– Vont-ils comprendre ? demanda Will, soudain inquiet.

– J'appelle tout le monde ! Et tous ont le choix de venir à moi, de se détourner du mal, de m'aimer et d'hériter de mon royaume. Mais je ne laisserai entrer ni la méchanceté, ni les guerres, ni le mal. Car dans ce nouveau monde que je prépare, il n'y aura plus ni pleurs ni souffrance, et la mort n'existera plus.

– Quand cela sera-t-il ? demanda Will impatient.

– Je viens bientôt, souffla l'Eole rempli d'assurance.

Will avait tant reçu de cet échange, de cette rencontre. Il avait connu l'amour, la paix et l'espérance dont le monde avait tellement besoin. Will sourit. Il irait. Il partagerait ce qu'il avait reçu.

C'est le cœur léger qu'il redescendit de la Montagne… pour continuer sa route sur le chemin qui s'ouvrait à lui.

17

LE GRAND DILEMME

Accompagnée de Jehiel et des rares Elfes dont la perle brillait encore, Alvira accueillit Will à l'entrée du village. Elle remarqua immédiatement sa perle, et il vit ses yeux se mouiller de larmes de joie. Elle lui fit un large sourire et l'invita dans sa hutte. Will lui raconta ce qu'il avait vécu sur la Montagne. Il leur montra fièrement sa perle qui brillait à nouveau. Tous se réjouirent d'entendre ce qu'il avait découvert, puis, ensemble, ils échangèrent leurs souvenirs et leurs expériences avec l'Eole. Will se sentit soudain uni à chacun d'eux, comme s'il faisait partie de leur famille.

Après un moment d'échange, il aborda le sujet qui lui tenait le plus à cœur :

– J'ai parlé à l'Eole de votre peuple, et il est prêt à refaire une alliance avec vous. Cependant, les Elfes devront renoncer à la magie et à l'aide des loups. Il est temps de combattre ces monstres et de les renvoyer de vos terres ! dit-il avec conviction.

– Mais comment les vaincre ? fit l'un des Elfes, découragé. Et surtout, comment convaincre le reste de la tribu ?

– L'Eole sera à nos côtés ! N'oubliez pas qu'il peut nous revêtir de son armure de lumière, fit Alvira. Elle apparaîtra si nous devons combattre des démons.

Et l'épée se meut, guidée par le Vent lui-même, ajouta Jehiel, Il ne nous abandonnera pas.

Will vit que les Elfes les plus sceptiques reprenaient courage en se souvenant de la fidélité et de la puissance de Celui qui faisait briller leur perle.

De son côté, il se souvint de son père en armure de lumière, combattant le dragon noir de cette épée qui avait pu transpercer les écailles du monstre, et du cri de fureur que la bête avait poussé en voyant la lumière entrer en lui. Même si les Elfes dont la perle brillait étaient vieux (Jehiel était le plus jeune d'entre eux) et qu'ils n'étaient pas nombreux, Will se rappela que son père avait été seul devant le dragon et qu'il n'était pas, comme les Elfes, un habile escrimeur.

Les paroles d'encouragement et le souvenir de la force de leur Souverain les avaient tous totalement convaincus.

Will allait se lever pour combattre les loups immédiatement, quand Alvira le retint. Il devait contenir la fougue de sa jeunesse pour laisser place à la sagesse elfique. Cette juste décision de combattre le mal aurait un impact énorme sur le reste de leur vie et sur celle de tous les membres du village. Il fallait donc s'y prendre de la bonne manière.

– Il faudra que Kaleb convoque tous les villageois et que nous réussissions à convaincre la majorité des Elfes, fit l'un d'eux.

– Si nous n'y arrivons pas, nous devrons nous soumettre à nouveau ou être bannis du clan, murmura Jehiel.

– Et si nous y arrivons... c'est Kaleb qui risque d'être banni pour ne plus avoir la majorité du peuple avec lui... soupira Alvira qui aimait Kaleb comme le fils qu'elle n'avait jamais eu.

Will n'en revenait pas... Comment pouvait-on bannir quelqu'un pour ses idées ?

– C'est ainsi que nous gardons notre unité, fit Alvira en devinant les pensées de Will. Les Elfes doivent se montrer loyaux envers le chef qui, lui, est soumis à la majorité du clan.

– Et il est difficile, voire impossible, de s'opposer à la majorité, fit une Elfe âgée. Nous avions tenté de protester quand Verena a amené les loups et la magie dans le village...

Will se souvint de Verena, cette sorcière qu'il avait rencontrée au parlement de Stella et qui avait voulu le jeter en prison. Rien que de repenser au regard acerbe et cruel qu'elle lui avait adressé, il en eut froid dans le dos. Il n'arrivait pas à croire que Kaleb ait pu l'épouser... et que Jared puisse être son fils !

Sans se douter des réflexions de Will, la vieille Elfe continuait son explication :

– ...mais notre génération, déjà âgée, n'a pas eu beaucoup d'influence lors du débat durant le Grand Dilemme qui nous opposait à Verena. La plupart des Elfes plus jeunes avaient déjà refusé de suivre les voies de l'Eole... Ils ont presque tous voté en faveur de Verena et de ses loups ! fit-elle en crachant de dégoût par terre.

– Kaleb et sa génération ont vu la magie comme l'ultime solution pour gagner la guerre, voulut adoucir Jehiel.

– Nous n'avions, à l'époque, aucune chance d'être entendus et nous aurions été bannis si nous ne nous étions pas soumis, fit un autre Elfe aux yeux bleus. Mais aujourd'hui, Verena n'est pas là, elle ne pourra pas défendre ses loups.

– Nous pourrons aussi argumenter qu'ils sont la cause de la disparition des Elfes, puisque tu pourras témoigner que ce n'est pas le prince qui les a capturés, renchérit un autre Elfe dont les années étaient marquées par ses cheveux argentés.

– Mais qu'est-ce qui nous garantit que Kaleb acceptera de nous offrir l'opportunité d'un débat ? fit un autre Elfe. Il risque soit de perdre Alvira et Jehiel, qui lui sont très chers, soit d'être banni lui-même. Il devrait remettre en question tous les choix de chef de clan qu'il a faits depuis plus de dix ans !

– Il a été abusé par Verena, fit Alvira doucement, mais je suis certaine que les corrélations entre la disparition des Elfes et les loups commencent à le faire réfléchir. Je sais que même sous l'influence de Verena, il a gardé son libre arbitre et son sens de la justice. Son honnêteté n'est pas remise en cause et quand il saura la vérité sur les conséquences de la magie, sa loyauté ira envers le bien du clan, même si cela implique son bannissement...

– Je pense comme Alvira, renchérit Jehiel, je le connais depuis longtemps. Il nous écoutera et permettra de nous faire entendre.

– Votre regard n'est pas neutre, fit tendrement une Elfe âgée, vous l'aimez inconditionnellement comme un fils et j'espère que cette fois, vous aurez raison de croire en ses choix.

– Nous ne pouvons en effet pas être certains de sa décision, fit un autre Elfe, et même s'il nous écoute, comment savoir si le peuple nous suivra? Presque tout le peuple a opté pour être sous la protection de la magie, et non de l'Eole! Ne devrions-nous pas leur laisser la liberté de choisir leur chemin, quelles qu'en soient les conséquences? Pourquoi devrions-nous les convaincre qu'ils ont commis une erreur? Est-ce vraiment notre combat?

– Ils doivent avoir le choix, c'est évident! Mais l'ont-ils réellement, s'ils ne connaissent pas la vérité sur les loups? Ils n'ont, actuellement, qu'un point de vue: les loups sont de leur côté. Cela ne leur donne, au fond, aucun choix! argumenta Will avec éloquence. Je suis reconnaissant envers mes parents de ce qu'ils m'ont parlé de l'Eole et fait ainsi connaître le choix du chemin qui s'offrait à moi.

Les larmes lui montèrent aux yeux: il ne pouvait imaginer son chemin sans l'Eole. Un silence émouvant accompagna la fin de ses paroles.

Jehiel se mit la main sur l'épaule, comme le font les Elfes qui prennent une ferme résolution, et dit:

– Will a raison! J'ai vécu ma rencontre avec le Souverain il y a fort longtemps, mais il reste toujours aussi présent dans mon cœur. Il est temps de nous confronter à ces loups et de donner à notre peuple le réel choix entre la Vie et la mort. Révélons-leur ce que nous savons, et espérons que cela leur permettra de retrouver le chemin de la Vie.

Tous les Elfes présents mirent leur main sur l'épaule et acquiescèrent.

– Nous demanderons donc à Kaleb d'organiser un Grand Dilemme sur la place du village, fit Alvira, et nous nous opposerons à ces loups publiquement. Après avoir vu, le peuple pourra alors choisir librement le chemin qu'il veut suivre.

Ils trouvèrent le chef des Elfes très préoccupé par la situation. D'une part, depuis l'attaque, les tensions avec les Stelliens étaient de nouveau très tendues, mais il était aussi inquiet par l'absence de son épouse qui n'était toujours pas revenue de la ville. Alvira sentit qu'il ne fallait pas brusquer les choses et demanda simplement à Kaleb d'accepter de convoquer tous les villageois et leurs chiens, sur la place du village, pour que Will leur transmette un message de l'Eole.

Sortant de ses réflexions, Kaleb l'interrogea :

– Pourquoi faudrait-il que nos chiens participent à ce discours ?

Et, regardant Will, il ajouta :

– Auriez-vous reçu un message les concernant ?

– Cela fait en effet partie de ce que j'ai à annoncer, fit Will, car ils sont responsables de la disparition des Elfes.

Alvira soupira de dépit. La franchise (ou la naïveté) de Will venait en une phrase d'anéantir ses efforts de diplomatie... La confrontation avec Kaleb était maintenant inévitable !

Et en effet, Kaleb fronça les sourcils et asséna d'une voix tranchante :

- Seraient-ils aussi responsables de la fin de notre trêve, de la déclaration de cette guerre et du fait que mon épouse n'est toujours pas revenue et est probablement l'otage des Stelliens ?

Will, bien que clairement mis en cause, soutint le regard sévère de Kaleb, puis répondit, sans mentir, fermement mais avec calme :

- C'est moi qui suis responsable de la fin de la trêve, mais la guerre faisait déjà rage bien avant mon arrivée, et vous savez bien que les disparitions ont effectivement commencé lorsque les loups sont arrivés.

Voyant la réaction sèche de Kaleb, Jehiel tenta une autre approche pour soutenir leur demande et changea de sujet :

- Will a eu le courage de se rendre auprès de l'Eole et y a plaidé notre cause. Ne devrions-nous pas honorer cet acte en écoutant son message ?

Kaleb demeura un instant pensif. Bien qu'il n'ait pas soumis sa vie à l'Eole, il n'en niait ni l'existence ni la puissance. Il n'avait jamais rencontré le Souverain de la Montagne, car il faisait partie de la génération qui s'était séparée de l'Eole, afin de ne plus se soumettre à ses lois. Seuls quelques Elfes, comme Jehiel et Alvira, avaient continué à lui être fidèles et c'est grâce à eux que Kaleb avait entendu parler de l'Eole. Il se souvenait des soirées où Jehiel lui contait les exploits des Elfes qui, jadis, sous la protection du Souverain, avaient été sauvés des attaques stelliennes. C'était auprès d'eux qu'il était allé chercher de l'amour et du réconfort, après que ses parents étaient morts à la guerre. Quand les combats éclataient, il se réfugiait dans leur hutte et attendait leur retour. Il se souvenait qu'il se blottissait dans les bras d'Alvira, pendant qu'elle lui chantait des chants qui l'apaisaient et berçaient son âme d'enfant. Il avait même souhaité faire le voyage sur la Montagne, mais c'était avant ses 15 ans, avant que tous les jeunes du clan ne prennent une autre voie, avant que sa perle ne s'éteigne et que son cœur ne s'endurcisse dans un silence froid.

Il fit sèchement :

– L'Eole a depuis longtemps abandonné notre village. Nous n'avons pas à écouter un quelconque message de sa part. Et encore moins s'il est transmis par un Humain.

Après avoir attendu quelques instants pour laisser la tension se dissiper, Jehiel reprit doucement :

– Will n'est pas n'importe quel Humain. Il est de notre lignée et nous a apporté le dôme pour nous protéger des Stelliens...

– Et le Souverain ne vous a pas abandonnés, ne put s'empêcher de dire Will, il s'est retiré quand vous vous êtes éloignés de Lui. Mais il a toujours été prêt à vous pardonner et souhaite conclure une nouvelle alliance avec vous !

– Il accepte de NOUS pardonner ? fit Kaleb en haussant un sourcil. N'est-ce pas à nous de lui pardonner son absence ?

– Ne reconnais-tu donc vraiment pas nos torts ? fit Alvira doucement. Nous avons utilisé la magie en sachant que cela était contraire aux lois de l'Eole, nous avons cessé de monter sur sa Montagne, nous avons mis notre confiance dans les loups plutôt qu'en Lui...

Elle fit une petite pause avant de continuer avec une grande douceur :

– Les Elfes sont parfois trop fiers pour admettre que ce n'est pas une faiblesse de reconnaître ses propres erreurs...

Voyant que la position de Kaleb l'empêchait d'être en accord avec elle sur ce point, elle tenta une autre approche :

– Et concernant les loups, j'ai remarqué ta réticence à les envoyer sur le champ de bataille. Etait-ce une stratégie militaire ou as-tu eu un doute sur leur loyauté ?

Encore une fois, Kaleb dut admettre qu'Alvira avait raison, même s'il n'en laissa rien paraître... Il n'avait plus autant confiance en leurs chiens. Quand Verena les avait apprivoisés, il avait été ravi de leur venue, parce qu'ils garantissaient, par leur puissance et leur force, une trêve avec les Stelliens. Il avait aussi vite été convaincu par leur docilité et par ce qu'ils apportaient à la vie pratique du village. Mais les doutes d'Alvira et de Jehiel, ceux de Will ensuite et, enfin, la corrélation entre les disparitions et leur arrivée lui avaient petit à petit fait revoir sa position. Lors de la dernière bataille, il avait effectivement eu la crainte que les loups ne se retournent contre les Elfes...

Sentant qu'elle avait vu juste, Alvira continua :

– Je te connais, insista-t-elle, et je sais que tu n'es pleinement convaincu ni par cette « sécurité » ni par les pratiques magiques...

Kaleb fit un pas en avant et dit à Alvira :

– C'est toi qui t'es toujours élevée contre la magie. Avec ton groupe de perles brillantes, vous vous êtes même opposés à Verena lors du dernier Grand Dilemme, alors que tout le peuple l'avait suivie et avait refusé une alliance avec le Souverain ! rugit-il en se laissant emporter par la colère.

Puis, après un instant de silence, il pointa Alvira du doigt, regarda sévèrement les autres Elfes et dit :

– Ce n'est pas pour un simple discours que vous êtes venus me trouver, mais pour un débat... Vous souhaitez donc que j'organise un Grand Dilemme...

Les Elfes hochèrent la tête.

– Vous rendez-vous compte que beaucoup sont encore fidèles à Verena, et que le peuple risque de voter en faveur de la magie et des chiens ? Ayez la sagesse de vous rétracter, et ne me demandez pas d'organiser ce Grand Dilemme. Nous éviterons ainsi de fortes tensions au sein de notre village et votre probable bannissement.

Will remarqua que la colère de Kaleb masquait son inquiétude envers Alvira et Jehiel. Il avait peur de les perdre.

– Nous savons ce que nous risquons, fit Jehiel. Mais ce message doit être annoncé au peuple, afin qu'il ait la possibilité de voir la vérité sur les chiens et d'entendre la volonté du Souverain. Une fois que tous les Elfes auront vu, ils feront leur choix et décideront de notre sort.

Tous les Elfes présents mirent la main sur l'épaule pour montrer leur accord. Kaleb quant à lui demeurait tendu.

Il fixa un instant Alvira et Jehiel. La détermination qu'il lut dans leurs yeux ne lui plut pas. Les deux Elfes ne se rétracteraient pas. Pas cette fois. Même si le vote n'était pas en leur faveur... ils iraient jusqu'au bout de leurs convictions, Kaleb en était persuadé. Pourquoi risquer un bannissement ? Il vit leur perle briller. Une pointe d'agacement l'envahit. Pourquoi devaient-ils rester constamment attachés à l'Eole, alors que la majorité du peuple avait compris que le Souverain n'était pas digne de cette confiance aveugle ?

L'orgueil de Kaleb l'empêchait d'envisager toute autre possibilité, car cela l'aurait obligé à reconnaître qu'il s'était trompé d'allié depuis des années... En reprenant la direction du clan, il avait refusé de rencontrer le Souverain et de faire une quelconque alliance avec Lui, comme l'auraient pourtant souhaité Alvira et Jehiel. Pour bien marquer sa position, il avait épousé une sorcière et avait accepté son aide au travers de la magie et des chiens. Le peuple avait soutenu sa décision et les Elfes minoritaires – qui avaient tous une perle qui brillait – s'étaient soumis, pour ne pas être bannis. Pourtant, il avait senti, en prenant cette voie, qu'il avait renié une partie des convictions profondes de son cœur. Au fond de lui, il croyait encore en cette Paix de l'Eole, dont il avait entendu parler depuis son enfance, et il devait bien reconnaître qu'il n'avait jamais été à l'aise avec la magie !

Organiser un Grand Dilemme sur ce sujet le mettrait en très mauvaise posture. Si les Elfes votaient en faveur d'une alliance avec l'Eole, Kaleb devrait soit se soumettre et diriger son peuple sans conviction, soit abdiquer, soit, s'il venait à changer d'avis sur la question, reconnaître ses erreurs et s'humilier publiquement. Il devrait alors admettre que sa femme l'avait trahi et manipulé, ce qui impliquait qu'elle était davantage attachée au prince qu'à lui. Il chassa immédiatement cette pensée ! Mais si la proposition d'Alvira et Jehiel était rejetée – ce qui, somme toute, était le plus probable – les deux Elfes seraient bannis de la communauté. Car même si leurs avis étaient sages et avisés durant les séances du Conseil, il doutait que leurs accusations contre les loups soient suffisamment convaincantes.

Donc quel que soit le dénouement de ce Grand Dilemme, aucune issue ne lui serait favorable. Imaginer s'être trompé et devoir reconnaître publiquement ses erreurs le tétanisait, mais perdre Alvira et Jehiel lui briserait le cœur.

Kaleb eut un frémissement. Ils étaient, avec Jared, sa seule famille ; ceux qui lui permettaient de ne pas sombrer dans la folie de cette guerre, ceux qui avaient assez d'amour pour faire battre encore son cœur si dur.

Il était comme pétrifié.

Ce Grand Dilemme ne pouvait lui apporter que des ennuis, et la seule façon de les éviter était de rejeter la demande des Elfes.

Alvira fit alors la chose la plus surprenante et pourtant la plus naturelle qui soit. Elle s'avança et enlaça tendrement le grand chef. Elle, si menue, entourait cet imposant guerrier de ses bras d'amour.

Elle lui dit :

– Quoiqu'il arrive, jamais tu ne nous perdras. Nous t'aimons comme un fils et notre empreinte est sur ton cœur comme la tienne est dans le nôtre. S'il te plaît, laisse-nous la possibilité de plaider notre cause devant le peuple, afin de le conduire sur un nouveau chemin.

Face à cette scène, les autres Elfes se retournèrent, quelque peu gênés, et seuls Will et Jehiel purent voir la larme qui coula sur la joue du chef de clan.

Jehiel prit alors la parole :

– Nous avons été lâches envers l'Eole durant toutes ces années ! Permets-nous de laver notre honneur. Comment pourrions-nous continuer à vivre en reniant encore nos convictions !

Puis Alvira retourna aux côtés de Jehiel. Kaleb resta silencieux un moment, puis reprit la parole avec l'autorité d'un chef :

– La requête de votre délégation est acceptée, le Grand Dilemme s'ouvrira demain à l'aube sous le grand séquoia. Que tous les Elfes soient avertis et qu'ils viennent en armure et avec leur chien. J'ai dit !

Les Elfes répondirent d'une seule voix :

– Ainsi soit-il !

Puis tous s'inclinèrent et s'en retournèrent.

Kaleb resta longtemps éveillé. Il était en proie non seulement à l'inquiétude pour Alvira et Jehiel, mais aussi à des doutes qui s'insinuaient dans son esprit au sujet de tout ce qu'il avait cru jusqu'alors. Enfant, il n'avait connu que la guerre contre les Stelliens et avait vu presque toute la génération de ses parents mourir. Ainsi, sa jeunesse avait été marquée par les plaintes et les mélopées du deuil et du chagrin. Quand il avait repris la responsabilité du clan, il s'était promis que la guerre ne tuerait plus ses semblables. Pour parer aux attaques et protéger la vie de son peuple, il s'était endurci et avait entraîné les Elfes, dès leur plus jeune âge, aux techniques de guerre les plus rudes. Grâce à cette rigueur et à leur nombre d'alors, ils avaient survécu et, contrairement aux Fées, avaient pu conserver leur territoire.

Kaleb se servit un verre d'hydromel et le but lentement. Il s'assit. Il revit Verena, alors âgée de 16 ans seulement. Elle était ambitieuse, et il se rendait compte qu'elle l'avait certainement séduit plus pour son titre que par amour. Mais lui, il l'avait aimée, pensant que leurs sentiments étaient réciproques. Il avait même soutenu son projet un peu fou de devenir sorcière pour qu'elle puisse faire un pacte avec le prince et obtenir cette trêve de dix ans. Il se souvint de Verena, fière de lui montrer ses iris devenus sombres comme les ténèbres. Il s'était senti mal à l'aise et avait eu des doutes. Ne pas suivre l'Eole était une chose, se lier à son ennemi en était une autre...

Il se remémora les débats passionnés avec Alvira et Jehiel qui avaient tenté en vain de le convaincre de ne pas accepter les chiens et la magie. Il avait déjà craint, à cette époque, que le « Grand Dilemme » ne provoque leur bannissement. Il avait alors été tellement soulagé de les voir renoncer et accepter de se soumettre au peuple. Mais leurs arguments l'avaient fait réfléchir, et il leur avait concédé quelques points : les chiens ne pourraient pas habiter dans les huttes, la magie ne pourrait être utilisée que pour guérir, et seuls quelques Elfes ayant la fonction de guérisseur pourraient y recourir.

Verena lui avait alors donné Jared: ce petit être innocent, ce petit être à protéger, ce petit être qui serait appelé à lui succéder.

Elle avait su trouver un moyen de manipuler Kaleb, de le forcer à faire toutes les concessions à la magie. Elle avait appuyé sur une corde sensible: la protection de son fils. Ayant grandi dans un climat de guerre, perdu ses parents et ses amis, Kaleb n'avait pas voulu que son enfant vive les mêmes traumatismes. Et Verena savait que, pour éviter cela à son fils, il serait prêt à toutes les concessions. Elle avait eu raison, car dès la naissance de Jared, Kaleb avait enfoui ses doutes et lui avait laissé, à elle et à ses loups, bien trop de pouvoir.

Kaleb posa son verre et songea qu'à l'époque, il avait cru le bonheur possible. Il se leva et se dirigea vers l'embrasure de la porte de la chambre de son fils. L'enfant couché dans son lit dormait sereinement. Kaleb s'avança et s'assit au bord du lit. Il caressa tendrement la chevelure blonde. Il s'était promis de lui offrir une enfance paisible. Pourtant, les entraînements et sa rudesse avaient peut-être été plus durs que la guerre elle-même. Il s'en rendait compte maintenant. Quel père avait-il été? Il avait pu voir grandir son fils dans une paix relative, mais à quel prix? Combien de compromis avait-il dû faire sur ses convictions profondes? Combien de ses choix avaient déçu Alvira et Jehiel? Avait-il eu tort? Il devait reconnaître que ce temps de trêve avait affaibli les Elfes. De nouvelles maladies étaient apparues, puis il y avait eu ces mystérieuses disparitions. Les unes comme les autres le privaient de ses meilleurs guerriers. Le peuple ne serait bientôt plus assez nombreux pour se défendre. D'ailleurs, sans l'intervention de Will et du dôme lors de la dernière bataille, pensa-t-il tristement, il ne serait certainement pas là, à contempler son fils dormir paisiblement...

Kaleb repartit en silence et laissa son fils rêver. Il ouvrit un tiroir dans sa table de chevet et en sortit une clé. Il y avait un moyen de connaître la vérité sur les loups, sur l'Eole, sur la magie.

Il mit la clé autour de son cou, enfila une capuche et se dirigea vers le grand séquoia. Arrivé devant l'arbre, il toucha respectueusement le tronc de cet ancêtre vieux de plus de trois millénaires. Il en avait vu des événements, depuis quasiment les jours des origines. Kaleb, palpa entre les nombreux replis de l'écorce mouillée par la rosée du soir, jusqu'à ce qu'il sente, sous ses doigts, l'encoche qu'il recherchait. Il saisit la clé et vit que sa main tremblait. Il avait peur ! Il craignait de profaner ce lieu en ouvrant le cœur de l'arbre. Il savait pourtant qu'à l'intérieur se cachaient les trois mille ans d'histoire de son peuple. Chaque année, sur chaque cerne de l'arbre, il pourrait lire les vérités concernant le vécu de ses ancêtres avec l'Eole.

Tant de richesse, qu'il s'était empêché de consulter en prétendant que l'arbre serait blessé si on le profanait. Sa respiration devint courte ; il hésitait. Il voulait connaître le savoir millénaire renfermé dans ce tronc, afin de pouvoir soutenir les arguments d'Alvira et de Jehiel durant la confrontation lors du Grand Dilemme. Pourtant, il se soumettait aux croyances sur cet arbre sacré depuis son plus jeune âge. Il le vénérait et hésitait à enfreindre les interdits que le clan s'était lui-même imposés... Et s'il lui faisait réellement du mal ?

Il tenta d'approcher la clé de la serrure, mais elle tomba à terre, tant sa main tremblait ! De dépit, il soupira, se détourna du séquoia et rentra dans sa hutte, sans réponse. Il venait d'apprendre qu'il était plus difficile de vaincre ses propres superstitions qu'un ennemi.

18

LES DÉMONS

À l'aube, Kaleb convoqua tout le peuple à se rendre sous le gigantesque séquoia du centre du village. Il ordonna que chacun se revête de son armure et que l'on attache les chiens au tronc de l'arbre avec de solides cordes. Il fit encore apporter le dôme et l'enclencha pour protéger les enfants, les personnes âgées ou les blessés du dernier combat. Ces mesures exceptionnelles et si particulières rendaient les villageois nerveux. Ils ne savaient que penser. Peut-être Kaleb allait-il leur annoncer un nouveau combat contre les Stelliens, mais dans ce cas, pourquoi se préparer au milieu du village ?

C'est dans ce climat d'incertitude et de crainte que Kaleb prit la parole :

– Je vous ai convoqués aujourd'hui pour un Grand Dilemme.

Des murmures de surprise parcoururent la foule, tous savaient ce que signifiait une telle rencontre.

Le chef continua, toujours aussi solennel :

– Alvira et Jehiel ont fait cette demande, afin que nous débattions d'un message que Will nous a ramené au sujet de l'Eole.

La foule, de plus en plus surprise, frémit un peu, mais fidèle à leur réputation, les Elfes redevinrent rapidement silencieux afin de respecter la tradition du Grand Dilemme. Tous regardèrent Alvira qui s'avançait dignement. Elle semblait sereine, mais son cœur battait à tout rompre lorsqu'elle pensait aux possibles conséquences de ce débat. Quand elle se retrouva aux côtés de son chef, celui-ci fit un discret signe de la tête pour l'autoriser à prendre la parole :

– Nous avons le privilège d'avoir à nos côtés un homme qui est revenu vivant de la Montagne de Feu.

Elle montra Will de la main et déclara :

– Ce jeune homme, du nom de Will, est maintenant un Immortel !

Les Elfes inclinèrent légèrement la tête pour saluer le courage de Will qui s'était rendu sur un lieu aussi terrifiant que la Montagne de Feu, mais aussi par respect d'être parvenu à en redescendre vivant.

– Nous avons la chance d'avoir reçu, par son intermédiaire, un message de l'Eole, nous affirmant que le Souverain nous est favorable.

Les Elfes, réjouis de cette nouvelle, se détendirent un peu, mais continuaient de s'interroger sur ce qui allait suivre. Quel sujet de controverse lié à l'Eole pouvait justifier de porter l'armure de guerre et d'attacher les chiens ?

Alvira reprit, satisfaite de l'effet de son discours :

– Nous, les aînés, pour Jehiel et moi, membres du Conseil d'Anciens, pensons qu'il nous faut saisir l'occasion d'écouter le message que nous apporte cet Immortel. C'est pourquoi il est temps que nous ouvrions notre esprit et notre cœur à ce que veut nous dire l'Eole.

La majorité des Elfes fixèrent Alvira et joignirent les mains devant leur cœur en signe d'approbation.

Kaleb invita Will à s'avancer. Les chiens grognèrent, mais le jeune homme les ignora et commença son discours avec assurance et autorité :

– Je tiens à remercier chaleureusement Kaleb, votre chef avisé, de m'autoriser à vous parler ce matin. Effectivement, j'ai eu l'honneur de rencontrer le Souverain sur la Montagne de Feu. Je lui ai parlé de votre peuple, comme je l'avais promis au Conseil avant mon départ. Il m'a assuré qu'il ne vous rejette pas et qu'il est favorable à une alliance avec vous ! Il souhaite vous libérer de vos malheurs, mais cela impliquera des choix qui vous sembleront difficiles ! Il vous exhorte à avoir confiance en Lui ! Votre chemin de vie en dépendra, mais la décision vous appartient.

Voyant que les Elfes semblaient attentifs à son discours, il poursuivit :

– Cette alliance, si vous la souhaitez, doit être complète. Le Souverain s'engage à vous délivrer des Stelliens, mais vous devrez renoncer à vos pratiques magiques qu'il a explicitement interdites.

– Mais c'est grâce à elles que nous trouvons nos herbes et que nous concoctons nos potions de guérison, fit une Elfe. Comment ferons-nous donc sans elles ?

– Je ne vous parle pas des herbes et des plantes que vous trouvez naturellement dans la nature, ni des connaissances ancestrales qui vous ont été transmises, mais des pratiques magiques que vous leur associez, précisa Will.

– Mais la magie multiplie le pouvoir des plantes, reprit l'Elfe, et elle nous a permis de lutter contre toutes les anciennes maladies.

– N'avez-vous pas remarqué que de nouveaux maux vous frappent, bien plus violents que les précédents ? reprit Will. Si l'Eole a interdit de telles pratiques, c'est parce qu'Il sait que cela vous détruit sans même que vous vous en rendiez compte. En y recourant, vous pensez vous entourer de bonnes énergies, mais en réalité, ce sont des démons que vous invoquez ! Ils guérissent momentanément les maladies, mais en engendrent de plus graves encore avec le temps ! Ces nouvelles maladies sont plus virulentes et le plus souvent incurables. Elles font disparaître vos semblables et affaiblissent votre peuple.

– C'est facile d'accuser les démons, mais où sont-ils ? Nous devrions les voir s'ils sont aussi nombreux que vous le dites ! dit un Elfe sceptique.

– Ceux d'entre vous qui ont la perle brillante de l'Eole, les voient très bien ! répondit Will avec force. Ces démons sont effectivement tout près de vous. Vous ne les voyez pas car vous n'êtes plus éclairés par l'Eole. Ces êtres mauvais vous font croire qu'ils vous protègent et que vous les dominez, mais ce n'est pas le cas !

– Tu ne parles tout de même pas de nos chiens ? demanda une Elfe interloquée.

Si, en effet ! La magie vous aveugle et permet aux démons de se faire passer pour des chiens. Ils font semblant de vous servir, de jouer, de se laisser dompter. Vous avez l'impression de les contrôler, de les avoir apprivoisés et qu'ils vous obéissent, mais en fait, c'est tout le contraire. J'en ai vu un dévorer l'un d'entre vous près de la rivière ! Ce sont eux les responsables des mystérieuses disparitions !

Les dernières paroles de Will furent étouffées par les murmures scandalisés de la foule. Les chiens se mirent à tirer furieusement sur leur laisse et à émettre des grognements agressifs.

Kaleb était de plus en plus tendu. Il voyait la situation lui échapper et se demandait comment il allait bien pouvoir gérer cette agitation. Que lui avait-il pris de laisser un Humain prendre la parole pour accuser leurs chiens lors d'un Grand Dilemme ? Il hésita un moment à interrompre le débat.

C'est à ce moment qu'il croisa le regard confiant, plein de fierté et de reconnaissance d'Alvira. Cela lui procura assez de réconfort pour qu'il laisse poursuivre le Grand Dilemme.

Il leva le bras et attendit que son autorité de chef fasse effet. Les Elfes, disciplinés, se turent rapidement. Le silence était totalement revenu quand il prit la parole :

– La controverse est maintenant posée, et le Dilemme peut commencer. Le premier débat se portera sur l'intégrité de nos chiens. Nous voterons, à l'issue de ce débat, pour déterminer s'ils sont réellement dignes de notre confiance. Dans le cas contraire, ils devront être chassés de notre territoire. Je vous laisse vous répartir en deux camps: ceux qui défendent nos chiens à ma gauche, et ceux qui doutent de leur loyauté à ma droite.

Presque tout le village se déplaça à la gauche de Kaleb. Celui-ci soupira en ne voyant qu'une poignée d'Elfes sur sa droite. Il savait bien que cela se passerait ainsi, et il ne pouvait s'empêcher de frémir pour ceux qu'il aimait tant. Pourtant, nul ne put deviner sa crainte, car il était un soldat aguerri, qui savait dissimuler ses émotions. Il donna en premier la parole au groupe majoritaire.

– Nos chiens sont avec nous depuis longtemps! fit l'un des Elfes. Ils jouent avec nos enfants, nous rendent de multiples services et jamais personne n'a eu à s'en plaindre!

– Et, par-dessus tout, renchérit un autre Elfe, ils nous ont délivrés des Stelliens! Nous les avons tous vus de nos propres yeux déchiqueter nos ennemis lors de la dernière bataille. Ce sont eux nos sauveurs, et non l'Eole.

Avant que les clameurs d'approbation deviennent trop fortes, Kaleb leva la main et dit:

– Nous avons tous entendu les arguments de la défense. Je donne maintenant la parole aux opposants.

Alvira déclara:

– Nous n'allons pas argumenter avec des mots, car nous savons que les démons vous ont complètement aveuglés. Ils sont bien trop malins et sournois pour se faire démasquer en public. Notre argument, nous allons donc vous le MONTRER!

Je vais invoquer l'Eole afin qu'Il vous dévoile la vérité et que vous puissiez voir la nature réelle de vos chiens. Ensuite, vous choisirez où ira votre allégeance.

Elle tendit la main contre les loups et une épée flamboyante en sortit.

Tous les Elfes reculèrent. Les loups se levèrent, se mirent en position d'attaque et grognèrent en montrant les crocs.

Alvira en s'avançant vers les loups dit d'une voix forte :

– Ouvrez les yeux et voyez quelle est la nature réelle de vos prétendus alliés !

Les loups, qui menaçaient Alvira quelques instants plus tôt, se mirent à gémir, se tordre et semblaient en proie à de violentes douleurs chaque fois que l'épée s'approchait d'eux.

Plusieurs Elfes sautèrent alors pour se placer entre Alvira et les chiens et crièrent à Kaleb :

– Vas-tu la laisser martyriser nos chiens ? Elle est censée argumenter contre eux et non les tuer !

Kaleb fit signe aux Elfes de s'apaiser et de rejoindre leur groupe. Il répliqua :

– Alvira a le droit d'argumenter sa plaidoirie. Il n'est mentionné nulle part que celle-ci doit être verbale...

Malgré cet appel au calme, les Elfes serrèrent les rangs et se mirent en position de combat, prêts à défendre leurs bêtes.

Alvira baissa son épée et dit :

– Je n'ai pas l'intention de les tuer... en tout cas pas avant que vous ne me le demandiez.

– Tu es devenue folle, fit un Elfe.

– L'Eole va juste vous dévoiler qui se cache derrière vos chiens et alors, vous déciderez de leur sort. Maintenant, poussez-vous et laissez-moi aller au bout de mon argumentation.

Surpris par son autorité, les Elfes se tournèrent vers Kaleb qui, une fois encore, soutint Alvira. Ils s'écartèrent et allèrent rejoindre leur groupe. Tendus, mais curieux, ils attendaient de voir ce qui allait se passer. Alors que de l'épée jaillit une lumière forte, les chiens, sous les yeux ébahis des Elfes, se métamorphosèrent en des êtres difformes, hideux et terrifiants : des démons.

Trop stupéfaits pour admettre la vérité, les Elfes en restèrent médusés ! Seul Kaleb réagit immédiatement, banda son arc et tira sur le monstre le plus proche. Sa flèche l'atteignit en plein cœur, mais le démon, au lieu de s'affaler, se leva sur toute sa hauteur, empoigna la flèche et la cassa sans effort. Il rompit ensuite l'épaisse corde qui le retenait, comme si elle n'avait été qu'une simple petite ficelle. Puis, montrant ses crocs, il se tourna vers Kaleb et lui dit dans un affreux ricanement qui glaça tout le monde :

– Crois-tu pouvoir nous tuer aussi facilement ? Nous n'avons ni cœur ni âme, et nos corps ne sont que chairs noires et déjà mortes.

Les autres bêtes hurlèrent de plaisir et rompirent aussi leur corde. Elles s'apprêtèrent à bondir sur les Elfes, qui leur tirèrent dessus, mais sans remporter plus de succès que leur chef. Les vaillants combattants, impuissants, commencèrent à reculer. Demeurant toutefois disciplinés, ils se placèrent en position de défense et attendirent les ordres de Kaleb. Celui-ci, hésitant et ne sachant quelle stratégie adopter face à des monstres qu'il affrontait pour la première fois, ne dit rien.

Alors, avec courage, Will et les Elfes dont la perle brillait s'interposèrent entre le peuple et les démons, et une épée flamboyante apparut soudain dans leur main à chacun. Un des monstres bondit et le combat commença. Will sentit que l'épée se guidait toute seule. Elle était comme habitée par la présence de l'Eole. Les coups, portés avec une telle justesse et une telle puissance, atteignirent de manière fatale les démons des ténèbres qui, hurlant de terreur, se désintégrèrent sous l'éclat de la lumière.

Il ne fallut pas plus d'une dizaine de minutes pour que le calme revienne. Il n'y avait plus aucune trace des démons. Les épées lumineuses disparurent. Les Elfes étaient encore sous le choc de ce qu'ils venaient de voir. Toutes leurs croyances passées s'étaient écroulées en un instant! Chacun à sa manière essayait de reprendre ses esprits et de se remettre du choc. Ils revoyaient la scène extraordinaire qui venait de se dérouler sous leurs yeux et tentaient de la comprendre. Certains étaient assis en se tenant les genoux sous le menton, d'autres fixaient l'horizon, le regard vide, d'autres encore se retrouvaient en petits groupes car ils avaient besoin de partager ce qu'ils venaient de traverser! Mais Will savait que tous devraient prendre conscience que, dès maintenant, leurs vies allaient radicalement changer et qu'ils devraient faire le deuil de leur ancienne façon de vivre!

19

RENONCEMENT

Une fois sortis de leur stupeur, les Elfes se regroupèrent auprès de Kaleb. Ils savaient que, malgré l'éclatante démonstration qui venait d'avoir lieu, le Grand Dilemme n'était pas encore officiellement achevé: les chiens n'étaient pas le seul sujet à débattre. Le chef du clan plaça à côté de lui Will et les Elfes qui avaient demandé la réunion, puis il prit la parole:

– Nous ne pouvons que remercier Alvira, Jehiel, Will et tous ceux qui ont eu le courage d'affronter les démons pour leur action héroïque. Nous nous sommes laissé tromper et, grâce à eux, non seulement la nature démoniaque de nos loups nous a été révélée, mais ils ont tous été chassés de nos terres.

Je doute maintenant qu'il y ait parmi vous quelqu'un qui ne soit pas convaincu par la démonstration d'Alvira… mais pour la forme, je demande que ceux qui sont toujours en faveur des chiens lèvent la main.

Nul ne bougea dans l'assemblée, et Kaleb fit un petit sourire à Alvira avant de poursuivre:

– Même si les démons ne sont plus là, le message de l'Eole stipule que c'est la magie qui est responsable de leur venue. De ce fait, nous devons aussi prendre la décision de renoncer à nos pratiques magiques si nous voulons éviter qu'ils ne reviennent.

On pouvait lire de la stupeur sur certains visages. Aucun ne souhaitait continuer à vivre parmi les démons, qui voulaient leur mort. Mais abandonner la magie leur faisait presque aussi peur : comment allaient-ils guérir de leurs maladies désormais ? Comment pourraient-ils rendre leurs terres fertiles ou savoir quel jour ensemencer leurs champs ? Tous ces actes ordinaires étaient jusqu'alors basés sur des incantations magiques…

Un Elfe eut le courage de prendre la parole pour exprimer les craintes du peuple à ce sujet.

Après l'avoir écouté, Kaleb donna la possibilité à Alvira de répondre.

– Nos pratiques n'ont pas toujours été magiques, expliqua-t-elle. Ce n'est que récemment qu'elles le sont devenues. Du temps de mes parents, tous basaient leur confiance sur l'Eole. Je me souviens, enfant, ne jamais avoir manqué de rien, car nos récoltes étaient abondantes. Quand les Stelliens attaquaient le village, c'est le Vent qui nous protégeait et nous aidait à repousser les troupes ennemies. Nous ne vivions pas dans l'inquiétude, car nous n'étions jamais livrés à nous-mêmes, le Souverain prenait soin de nous.

Une Elfe fit remarquer qu'Alvira était trop jeune à l'époque pour pouvoir juger objectivement de la situation.

C'est alors que l'Elfe la plus âgée du village, dont la perle brillait encore intensément, prit la parole :

– J'étais déjà adulte, quand les Elfes ont refusé d'être soumis à l'Eole. Tout n'était pas parfait avant, car nous vivons dans un monde empreint de mal et de maux. Mais j'ai vu les conséquences néfastes qu'a entraînées l'abandon de l'Eole, puis l'aggravation de la situation quand la magie a été adoptée. Vous pouvez vous-mêmes juger de ce que l'on vit actuellement. Notre peuple n'a jamais été aussi fragilisé.

Un jeune Elfe, dont la perle ne brillait pas, dit :

– Nous avons tous effectivement cru aux effets bénéfiques de la magie, mais ils n'ont été que temporaires. Souvenez-vous de mon fils qui souffrait de migraines, la magie semblait l'avoir guéri, mais peu de temps après, il a eu une fièvre violente qui l'a emporté… Sur le moment, je n'avais pas fait le lien, mais ce que nous venons de vivre m'a ouvert les yeux, et maintenant, je ne veux plus avoir affaire avec la magie, d'autant plus si, par elle, des démons reviennent !

Cet argument, donné par un Elfe dont la perle ne brillait pas, rallia tout le peuple. Au grand soulagement de Kaleb, les Elfes, encore sous le choc de ce qu'ils venaient de vivre, décidèrent d'abandonner la magie.

Kaleb reprit la parole et déclara :

– Afin de finir ce Grand Dilemme, il nous faut encore décider, puisque nous ne pratiquerons plus la magie, si nous désirons accepter la proposition du Souverain de conclure à nouveau une alliance avec Lui.

Jehiel déclara :

– Maintenant que la magie n'est plus un obstacle, qu'est-ce qui nous empêcherait de faire alliance avec le puissant Souverain? Grâce à Lui, les Stelliens ne pourront plus rien contre nous. Nous serions fous de refuser une proposition si prometteuse et avantageuse!

Une Elfe riposta:

– Tu oublies toutes les autres lois à suivre! Si nous nous soumettons à Lui, les jeunes filles devront à nouveau se rendre dans la forêt des Nymphes pour le servir. Et elles perdront la possibilité de revenir dans notre village, si elles épousent un homme d'un autre peuple. Nous nous sommes libérées de ce joug et nous avons acquis, aujourd'hui, des droits et des libertés que nous, les femmes, ne sommes pas prêtes à perdre à nouveau.

Le bruit revint dans la foule, chacun témoignant de son propre vécu et défendant ses propres convictions. Kaleb sentit que le débat partait dans tous les sens et que les Elfes se divisaient. Il réclama le silence et dit:

– Ce ne sont pas les lois de l'Eole qui sont sévères, mais nos propres règles qui les ont rendues étouffantes. Est-ce l'Eole qui retire les droits aux Nymphes et qui les rejette, si elles n'épousent pas un Elfe? Comment pouvons-nous accuser l'Eole pour notre propre dureté de cœur? Ce sont notre orgueil et notre légalisme qui sont devenus un joug, et non les lois du Souverain.

Et se tournant vers Will, Kaleb ajouta:

– Je me rends compte à présent du tort que nous avons fait à ta mère, ainsi qu'à toutes les femmes de notre village. Nous les avons renvoyées comme des étrangères et avons volé leur héritage. A tel point que la plupart ont préféré renoncer à leurs vœux et à leur don d'attendrir la terre et de guérir les maladies.

Tous étaient suspendus aux paroles de Kaleb. Il prit une grande respiration et déclara :

– En tant que chef de ce village, j'abroge toute règle portant discrédit aux Nymphes. Elles garderont désormais leurs droits, leur héritage et la possibilité de rejoindre le village, quelle que soit la race de l'homme qu'elles épouseront. J'ai dit !

Le peuple unanime répondit :

– Ainsi soit-il !

Kaleb savait maintenant que l'alliance avec le Souverain serait acceptée grâce à l'appui des femmes de son peuple. Il demanda alors que ceux qui souhaitaient cette alliance lèvent la main. La majorité opta pour, mais la plupart des jeunes guerriers refusèrent quand même de se soumettre à l'Eole. Cela faisait un bon tiers. Du jamais vu dans un Grand Dilemme. Il n'était pas bon que le peuple se divise, surtout si cela entraînait la perte des meilleurs guerriers...

Kaleb déclara :

– Le Grand Dilemme est voté. La majorité souhaite renoncer à l'aide qu'apporte la magie et désire refaire alliance avec le Souverain. Donc, depuis ce jour et jusqu'au prochain Grand Dilemme, toute pratique de sorcellerie sera interdite sur la terre des Elfes. Les lois de l'Eole, ainsi qu'une alliance avec le Souverain, seront rétablies. Nous avons dit !

Les Elfes dirent en chœur :

– Ainsi soit-il !

Kaleb se tourna vers les opposants à l'alliance pour leur demander s'ils préféraient se soumettre ou être bannis.

Un des Elfes s'avança, se faisant porte-parole de tout le groupe. Kaleb le connaissait bien. Il faisait partie de ses meilleures recrues, un homme courageux et intègre. Il y avait à sa suite les plus valeureux guerriers, pas seulement des hommes, mais aussi des femmes, de vraies lionnes. Tous, il les avait entraînés. Ils étaient sa fierté. Son cœur se pinça et il espéra secrètement qu'ils se soumettraient à la décision de la majorité. Non seulement, il redoutait de les avoir comme ennemis, mais il les comptait comme des amis fidèles et avait besoin de leur soutien.

– Nous choisirons ce que vous choisirez. Nous ne vous abandonnerons pas, chef, même si nous devons être bannis, fit l'Elfe en s'inclinant, ainsi que tous les autres à sa suite.

Kaleb eut de la peine à comprendre. Puis, soudain, tout s'éclaira. Les guerriers connaissaient sa rancœur envers l'Eole et pensaient, tout naturellement, qu'il ne s'inclinerait pas devant le Souverain. Kaleb avait épousé une sorcière, avait laissé entrer la magie dans le village... Quelle autre déduction pouvaient-ils en tirer? Kaleb fut ému de voir la loyauté de ses soldats, prêts à être bannis avec lui!

Kaleb fit relever ses troupes et dit d'une voix forte:

– Moi, Kaleb, chef du clan des Elfes, je dois maintenant donner ma position face aux votes du Grand Dilemme que nous venons de vivre.

Kaleb laissa planer un moment de silence et balaya l'assemblée du regard. Deux choix s'offraient à lui. Celui de se soumettre à la décision du peuple et faire respecter les nouvelles lois, peu importait son avis personnel. Et celui de s'opposer au vote, ce qui entraînerait son abdication de chef et son bannissement du village. Ses guerriers étaient sûrs qu'il s'opposerait à une alliance avec l'Eole, c'est pourquoi ils avaient voté contre l'alliance. Alvira et Jehiel espéraient que sa colère contre le Souverain s'était atténuée et qu'il accepterait de se soumettre. Le peuple attendait, tendu. Le choix de Kaleb pouvait entraîner une grande division dans le village. C'était par les prochaines paroles de Kaleb qu'allait se décider l'avenir de tout un peuple.

Kaleb prit une profonde respiration et déclara:

– Moi, Kaleb, fils d'Anaëlle, petit-fils de Léanne, je choisis d'être en accord avec les décisions votées aujourd'hui.

Le peuple tressaillit, surpris par cette déclaration qui ne faisait pas partie des choix auxquels il aurait pu s'attendre. Cette troisième option existait malgré tout, mais elle n'était généralement employée que lorsque le Grand Dilemme était proposé par le chef de clan lui-même et qu'il était en parfaite harmonie avec les décisions prises. Il lui suffisait alors de donner son accord au vote. Cependant, cette option était risquée pour Kaleb, dont la vie et les choix politiques étaient en désaccord complet avec les décisions votées lors de ce Grand Dilemme. Faire ce choix, dans le cas présent, le forçait à accepter que les décisions qu'il avait prises en tant que chef soient jugées selon la nouvelle loi en vigueur, qui ne tolérait aucune magie ! Tous retenaient leur souffle, car la sentence pouvait aller, pour les cas extrêmes, jusqu'à la peine de mort.

– Kaleb s'agenouilla, baissa la tête et leva les mains en signe de complète soumission à la décision du jugement sur lui.

Les Anciens l'entourèrent. L'un d'entre eux prit la parole et dit :

– Kaleb, fils d'Anaëlle, petit-fils de Léanne, en choisissant d'être en accord avec la nouvelle loi votée durant le Grand Dilemme, tu acceptes de mettre en jugement tes actions passées en fonction de la nouvelle loi en vigueur.

– J'avoue publiquement m'être laissé tromper par la magie et de vous avoir guidés sur un mauvais chemin. Je suis conscient qu'en donnant mon accord sur le vote, j'accepte que mon passé soit jugé. Que la sentence de votre clémence ou de votre condamnation retombe sur moi. J'ai dit.

Le peuple interloqué répondit sans conviction :

– Ainsi soit-il.

– Te rends-tu compte que la sentence peut être la mort ? insista Jehiel.

Jared, comprenant les conséquences de ce qui venait de se passer, cria plein de désespoir :

– Non, papa ! Je ne veux pas que tu meures !!!

Il courut se blottir contre son père. Alvira le prit dans ses bras, mais rien ne pouvait le réconforter. Will était horrifié. Il ne comprenait décidément rien aux traditions barbares des Elfes.

Kaleb releva la tête et dit :

– La sagesse me recommanderait de me soumettre en vous cachant que j'ai changé d'avis au sujet de l'Eole. Mais je refuse de vivre comme un lâche. Je vous ai conduits sur des sentiers de mort, à cause de la magie que j'ai acceptée par erreur. Je veux être honnête et me réjouir avec vous de cette nouvelle alliance avec le Souverain. Peu m'importe si je meurs, je suis en paix avec moi-même et face à la destinée de mon peuple. J'ai dit!

– Ainsi soit-il! répondirent les Anciens.

Des gardes lui ligotèrent les mains et le Conseil se réunit dans la cabane du vieux séquoia. Tous attendirent. Même si Jehiel et Alvira étaient, bien évidemment pour faire libérer Kaleb, ils ne formaient de loin pas la majorité du Conseil. Jared s'était réfugié dans les bras de Will et pleurait doucement. Au bout de longues minutes, la délégation sortit enfin et rejoignit la place centrale. Une Ancienne s'avança, déplia un rouleau et lut:

– A la suite de l'aveu de Kaleb, le Conseil l'a jugé au regard de la nouvelle loi acceptée aujourd'hui. Le verdict est: *coupable.*

Les Elfes, qui s'attendaient à cette décision, baissèrent la tête et attendirent la sentence en espérant la clémence du Conseil.

– La sentence est la suivante: la direction du clan lui est retirée. Elle reviendra par héritage à son fils Jared dès que celui-ci aura atteint l'âge de sa majorité. En attendant, ce sont les membres du Conseil qui seront garants du bon fonctionnement du clan. Nous avons dit!

Le peuple répondit:

– Ainsi soit-il!

Kaleb allait rester en vie et c'était tout ce qui comptait! Les gardes lui délièrent les mains, visiblement soulagés, et laissèrent Jared lui sauter dans les bras. Kaleb serra fort son fils et Will fut touché de voir combien il l'aimait.

Le Conseil ordonna que tous les objets magiques soient jetés au feu. Un énorme bûcher fut installé et s'enflamma bientôt, nourri par les statuettes en bois et tous les grimoires aux formules incantatoires. Les amulettes firent des étincelles avant de devenir noires comme de la pierre volcanique.

Will pouvait ressentir une allégresse chez la plupart des Elfes, qui se sentaient libérés du poids des superstitions et de la magie. D'autres, cependant, étaient moins enthousiastes et avaient l'impression de jeter des trésors de savoir. La magie avait fait partie de leur vie durant presque deux générations. Beaucoup auraient des regrets, et certains auraient même un deuil à faire... Leur cœur était encombré, et il leur faudrait du temps pour que l'Eole puisse y reprendre place...

Alvira dit ensuite à l'assemblée:

– Nous avons choisi en tant que peuple de suivre l'Eole, mais cela reste une décision personnelle. Que ceux qui le souhaitent se rendent avec Kaleb sur la Montagne, à la rencontre du Souverain.

Certains pensèrent que le Conseil tendait un piège à Kaleb et à ceux qui le suivraient et que, n'étant pas des Immortels, les Anciens les vouaient ainsi à une mort certaine.

Will comprit cela quand Jared lui demanda:

– Mon papa va mourir s'il n'est pas un Immortel?

– Vous pouvez tous être des Immortels, dit alors Will très fort. Ceux qui savent reconnaître leur faute comme Kaleb sont sûrs de pouvoir survivre au feu de la Montagne, ajouta Will avec un clin d'œil vers l'ex-chef.

Will était un peu écœuré : pour une fois qu'un Elfe ne faisait pas preuve d'orgueil, on lui enlevait la direction du village. Il en avait encore la nausée et se réjouissait de pouvoir valoriser l'humilité de Kaleb, en déclarant qu'il était, pour le Souverain, déjà un Immortel !

Alvira et Jehiel s'approchèrent lentement de Kaleb. Chacun lui prit une main pour la poser sur leur cœur, puis ils dirent :

– Nous sommes fiers de toi, de ton choix de rencontrer le Souverain. Cet amour et cette paix que tu as ressentis en nous depuis des années viennent de Lui. C'est avec Lui que tu pourras connaître le pardon, mais aussi le bonheur que tu cherches tant.

Des larmes coulèrent sur le visage d'Alvira.

Kaleb sourit et dit :

– Je regrette simplement de ne pas l'avoir fait plus tôt.

Les trois quarts du village se décidèrent à partir avec lui jusque vers la Montagne. Les guerriers étaient les premiers à le suivre. Ils semblaient touchés de voir les changements qui s'opéraient dans celui qui resterait toujours leur chef. Ils voyaient en cela non une faiblesse, mais un immense courage.

Jared courut dans les bras de son père et s'exclama :

– Moi aussi je veux venir !

– Ta perle brille encore, fit tendrement Kaleb. Tu rencontreras l'Eole quand elle sera sur le point de s'éteindre, quand tu deviendras adulte.

– Mais papa, je ne veux pas que ma perle s'éteigne un jour !

– Ta mère et moi avons commis une erreur en la laissant s'éteindre ! Mais toi, tu as un cœur qui sait aimer et tu ne laisseras pas la lumière de l'Eole faiblir, j'en suis sûr. Je suis tellement fier d'avoir un fils comme toi. Je t'aime tellement !

Kaleb serra son fils dans ses bras en souriant.

– Je vais rester pour attendre maman, fit soudain Jared. Elle aussi voudra aller à la Montagne. Elle a bien besoin de l'Eole pour faire briller sa perle noire !

La naïveté de Jared était touchante. Mais Will vit s'estomper le sourire de Kaleb et comprit pourquoi. Il y avait effectivement peu de chance que Verena accepte de changer de voie. Pourtant, en regardant Kaleb devenu si chaleureux et jovial, Will se dit que rien n'était impossible. Kaleb déposa son fils vers Alvira et Jehiel pour leur demander de prendre soin de lui durant son absence. Le voyage durerait bien deux jours, car il fallait se rendre au pied de la Montagne, puis attendre le lever du soleil pour discerner le chemin qui les mènerait au sommet.

Will décida d'accompagner Kaleb jusqu'à la passerelle du détroit avant de rentrer chez lui. Il fit ses adieux aux Elfes qui restaient dans le camp et dut promettre à Jared qu'il reviendrait bientôt. Avant de partir, Will revêtit la cape que sa mère lui avait brodée avec l'insigne des Nymphes. Il était fier et heureux de savoir que sa mère pourrait désormais revenir dans son village natal. Kaleb lui offrit un de ses magnifiques pur-sang pour le remercier de son aide. C'était gentil, mais cela ne remplacerait pas son discobole...

Ils montèrent donc tous à cheval et quittèrent le village en direction de la Montagne de Feu. Bien que Will ne fût pas très à l'aise sur son grand et majestueux cheval, il était très fier et heureux du choix des Elfes. Eux, en revanche, étaient très recueillis et solennels. Le pas de foi qu'ils venaient tous de faire en faveur de l'Eole les plaçait devant un chemin inconnu.

20

NÉGOCIATION

Les Elfes arrivèrent à la passerelle qui surplombait le détroit. Ils y laissèrent leurs chevaux, pour continuer à pied. Will, qui s'apprêtait à repartir chez lui, vit arriver les Nains en armure de guerre. Il comprit, comme les Elfes à ce moment-là, que les Nains avaient vu le déplacement de leur groupe depuis les murailles de leur citadelle. Comme ils étaient encore tous en armure de guerre, ceux-ci en avaient logiquement conclu qu'une attaque se préparait. Les Nains se mirent en ordre de bataille, leur bloquant ainsi le passage. Mais quand le roi des Nains aperçut Will, il le dévisagea, surpris, et s'avança vers eux. Il appela un serviteur, qui accourut, encombré par un énorme mégaphone. Il trafiqua quelques boutons et un bruit strident en jaillit. Tous les Nains reculèrent et se bouchèrent les oreilles. Enfin, Will entendit quelques mots qui semblaient vaguement audibles.

– ...pas possible ! Avec le prix que j'ai payé pour ce machin ! Ça pourrait fonctionner correctement ! Hum... Hum...

Il se redressa et cria d'une voix un peu trop aiguë pour être prise au sérieux:

– Le peuple des Elfes n'est pas autorisé à mettre le pied sur notre territoire. Si vous faites un pas de plus, nous brûlerons ce pont, qui est le seul passage entre vos terres et les nôtres.

Kaleb, surpris, fit reculer les autres Elfes pour calmer la situation.

Croyant que Will avait été fait prisonnier par les Elfes, le Nain reprit son micro qui ne rendit un son clair qu'après que le Nain eut tapé un bon coup dessus.

Il cria:

– Est-ce que l'Humain est votre otage? Combien demandez-vous d'or en échange de sa libération?

Kaleb profitant du malentendu, s'avança avec Will sur le pont en prétextant vouloir négocier son prix. Will soupira. Il n'était à nouveau qu'un objet au service des Elfes...

Quand ils eurent rejoint le roi, celui-ci, sur son nouveau discobole qui le grandissait, s'avança, mit sa bouche à l'oreille de Will et lui dit d'un ton conspirateur:

– Par tous les saints rubis, que faites-vous ici? Comment vous êtes-vous fait capturer? Et pourquoi est-ce à moi et non au prince de payer votre rançon?

– Majesté, que vous avez fière allure sur cette soucoupe, fit Will pour calmer l'anxiété du Nain. Soyez sans crainte, tout va bien! Je ne suis pas un otage, et les Elfes n'ont nulle envie de vous attaquer ou de voler votre trésor.

– Alors par toutes les saintes opalines, expliquez-moi! Quelle stratégie vous envoie au pied de MA montagne avec une armée d'Elfes?!

Le Nain était déjà au bord de la crise nerveuse et Will réfléchissait à toute vitesse pour trouver un moyen de calmer le roi.

– Je suis venu vers vous… accompagné des Elfes, commença Will, pour vous avertir que le prince est un menteur et nous a tous dupés.

– Quoi ? Comment ça dupés ?

– Il nous a fait croire que l'Eole était mort, alors qu'il est encore bien vivant.

– Vivant ? Nom d'une barbichette en or, vous n'allez pas croire à ces sottises… à ces légendes de mégères… Je vous l'assure, l'Eole n'est plus !

– Et pourtant, après mon départ de votre palais, j'ai trouvé le sentier étroit qui monte au sommet de la Montagne et j'ai rencontré l'Eole.

– Que signifie cette entourloupette, s'écria le roi des Nains. Co… comment ça, *rencontré* ? Mais… si l'Eole existe, il voudra récupérer son trésor. Il n'en est pas question. Pourquoi ne pouvait-il pas rester mort ? Cela aurait arrangé tout le monde !

– Personne n'est intéressé par votre or, le rassura Will. Trouver l'Eole est un trésor bien plus grand que de vulgaires pierres précieuses.

– Que peut-il y avoir de plus précieux ? s'écria le Nain outré. Je ne vous crois pas. Par ma barbe, ne seriez-vous pas un traître à la solde des Elfes ?

– Les Elfes m'ont cru et se rendent justement sur la Montagne. Venez donc avec nous !

– Par la barbe de sainte Eugénie, même si c'était vrai, vous ne croyez tout de même pas que je les laisserais traverser gratuitement ma large et belle route, alors qu'eux me font payer des centaines de pièces pour franchir leur fichu détroit!

– Ne souhaiteriez-vous pas négocier directement avec le chef des Elfes? Il me fait confiance et je suis sûr que vous pourriez gagner beaucoup d'argent.

Will savait que la cupidité du Nain le pousserait à envisager des négociations. Sans surprise, le roi accepta et Will alla chercher Kaleb et lui résuma rapidement la situation.

Le chef des Elfes s'approcha du roi des Nains. Les deux races étaient opposées en tout: l'une grande aux traits fins et d'un caractère froid, l'autre de petite stature au faciès proéminent, épicurienne de nature et d'un tempérament impulsif. Les deux chefs se dévisagèrent avec mépris. Leur seul point commun était leur fierté. Et cela n'allait pas les aider à s'allier.

Will fit alors les présentations d'usage et Kaleb prit la parole:

– J'ai une proposition à vous faire, votre Excellence. Vous souhaitez un passage sans taxes pour atteindre la mer... eh bien, je vous l'offre.

– Comment cela, vous me l'offrez! Mais nous allons vous le prendre ce détroit! fit le Nain qui sautillait d'énervement sur sa soucoupe et faillit en tomber. Vous êtes sur le point de perdre cette fichue guerre!

– Mais pourquoi continuer à perdre de l'argent en finançant la guerre du prince, alors que le passage du détroit vous est offert, interrogea Will.

– Cela me semble trop facile, fit le Nain dans sa barbe. Où est le piège ? Il y a forcément un piège !

– Non, il n'y a pas de piège ! reprit Kaleb. Je vous propose un échange : l'accès libre pour mes Elfes jusqu'à la Montagne, contre celui vers la mer pour vos navires marchands.

– Croyez-vous vraiment que, après votre hypothétique victoire, le prince négociera votre part du détroit aussi généreusement ? argumenta Will.

– De plus, reprit Kaleb, le passage n'étant gratuit que pour vous et non pour les Stelliens, vous pourrez faire un énorme bénéfice sur les produits importés des îles et revendus à Stella.

Le Nain s'était immédiatement calmé au mot « bénéfice » et il voyait déjà l'argent bomber ses poches.

– Voilà le marché, reprit Kaleb, le passage de l'Eole contre le passage du détroit.

– Marché conclu ! dit le Nain en se crachant dans la main et en la tendant vers l'Elfe.

Kaleb, après une hésitation, crachota dans sa paume et fit de même.

Will reconnut la sagesse de l'Elfe. En faisant cet échange, Kaleb permettait non seulement à son peuple de se rendre sur la Montagne librement, mais il augmentait ses chances dans la guerre contre les Stelliens, qui ne pourraient plus compter sur les Nains pour financer leurs armes. Il faisait ainsi d'une pierre deux coups.

Will fit ses adieux aux Elfes et les regarda partir vers la Montagne. Ils avaient l'air plus heureux et plus détendus qu'en partant de leur village. *Pourtant, l'armée des Nains aurait pu les décourager*, pensa Will. Mais en réalité, ce marché avec les Nains leur avait permis de saisir toute la valeur de leur recherche de l'Eole. Cette épreuve leur avait confirmé que les taxes du détroit n'étaient que peu de chose en comparaison de la possibilité de marcher sur le chemin de paix que propose l'Eole. La perte d'argent n'avait plus aucune importance et ils s'en allaient sans crainte vers la Montagne. Will savait que les Elfes découvriraient encore bien des bénédictions auprès du Souverain et il s'en réjouissait d'avance.

Après un moment, il se retourna et se retrouva face au roi des Nains qui avait un sourire jusqu'aux oreilles. Il avait gagné plus qu'une fortune dans ce marché. Pourtant, la joie qui illuminait son regard n'était pas la même que celle des Elfes, et Will savait qu'elle ne correspondait pas au même chemin. Il salua les Nains avant de retraverser la passerelle. De l'autre côté, il les regarda rentrer chez eux et se demanda ce qu'il faudrait pour qu'ils ouvrent les yeux et voient où se trouvait la réelle valeur de la vie.

21

LA VÉRITÉ TE RENDRA LIBRE

Il redescendit la crête à cheval, puis hésita à rejoindre son village par la falaise, afin d'avoir une chance de revoir Liliane dans la forêt des Nymphes. Mais il se rendit compte que son cheval ne pourrait jamais gravir le sentier abrupt où il avait failli se rompre le cou et il décida de longer le bord du fleuve et de contourner la cité de Stella.

Il allait passer à côté de la bouillonnante cité, quand il ressentit une forte tristesse. Elle ne concernait pas un quelconque regret d'avoir renoncé à être un inventeur dans cette ville. Non! Ce qu'il ressentait ne le concernait pas directement; son cœur se serrait de compassion pour tous les habitants de la cité. Il ne pouvait s'empêcher de les voir comme des prisonniers d'une ville d'illusion. Comment pouvait-il laisser des gens comme Fox le chercheur ou le marchand Karlos s'égarer, s'écarter de leur chemin de vie? Mais que pouvait-il faire? Les avertir? Maintenant que sa perle brillait... il lui était encore plus dangereux de pénétrer dans la cité du prince!

Il repensa aussi au livre des Origines, enfermé dans un registre de contes et légendes de la grande bibliothèque. Combien de personnes auraient la chance de le trouver et de le prendre au sérieux? Il aurait tellement voulu le copier et le ramener à Kasov, où tant de gens auraient plaisir à le lire! Ce serait un tel encouragement pour la petite communauté qui essayait de se souvenir, de mémoire, de chacun des textes sacrés.

Toutes ses réflexions le menèrent à changer ses plans et à bifurquer en direction de Stella.

Il prit une grande respiration pour se donner du courage et franchit les portes de la ville en veillant à bien cacher sa perle et en rappelant aux gardes qu'il était «Will l'inventeur». Sa réputation n'étant plus à faire après ses exploits avec Karlos, les gardes le laissèrent entrer facilement.

Il alla directement à l'appartement du marchand qu'il trouva chez lui, se reposant d'une bonne journée de travail. Karlos se réjouit de revoir le jeune homme et l'invita à entrer et à manger.

Will commença à lui parler du livre des Origines et de la raison pour laquelle il avait tant d'importance. Tout en cuisinant des pâtes et une sauce dont nul n'aurait su reconnaître les ingrédients, le boutiquier l'écouta attentivement et lui offrit un disque vierge, afin qu'il puisse copier l'archive du livre de la bibliothèque. Karlos fut très poli et respecta la démarche de Will, mais il ne voulut pas en savoir plus sur l'Eole, prétextant que sa vie avait déjà bien assez de saveur. Will ne put s'empêcher de penser que le boutiquier ne savait sûrement plus, comme pour ses plats, ce qu'était une vie avec du goût.

Le marchand dévia rapidement la discussion sur leur collaboration future, car il avait reçu beaucoup de commandes et souhaitait garder contact avec le jeune homme talentueux. Ils se mirent d'accord pour se retrouver tous les premiers samedis du mois au marché de Kasov, afin de pouvoir continuer leur collaboration.

Quand Will prit congé du marchand, celui-ci était ravi des avantages commerciaux qu'il avait obtenus, mais Will était peiné en voyant le peu d'importance que son ami accordait à l'Eole.

En sortant de l'immeuble, il se rendit compte qu'il n'était qu'à deux rues de la tour principale. Il s'enhardit et décida de rejoindre Fox dans son laboratoire. Entrer dans la tour du prince n'était que pure folie, il le savait, mais avant d'avoir évalué les risques et échafaudé un plan, il avait déjà gravi les escaliers et se trouvait devant les impressionnantes portes de verre.

Il fit profil bas un instant et attendit qu'un groupe de jeunes filles passe et détourne l'attention des Trolls de garde. Il traversa les magnifiques jardins sous la verrière et parvint devant les ascenseurs. Contre toute attente, sa voix était encore enregistrée et les gardes ne s'intéressèrent pas à lui. L'ascenseur l'amena directement à l'étage des Sciences.

En sortant de l'ascenseur et en voyant certains scientifiques qu'il avait déjà rencontrés lors de sa première visite, il craignit d'être repéré. Les gardes ne connaissaient pas son physique; pour eux, il n'était qu'un Humain parmi tant d'autres, mais certains savants pouvaient savoir qu'il avait refusé l'offre du prince et qu'il n'était pas leur allié... Son cœur battait fort et ses mains tremblaient. Si l'une des personnes qu'il croisait connaissait son statut de traître et avertissait le prince, il serait perdu.

Il poussa un soupir de soulagement quand il vit que Fox se trouvait dans son labo. Au grand étonnement du chercheur, il entra et ferma rapidement la porte derrière lui. Il résuma alors à Fox tout ce qu'il avait découvert sur la vie avec l'Eole. Fox peinait à comprendre tout ce que Will tentait de lui expliquer, car il parlait trop vite, de manière saccadée, et sautait du coq à l'âne. De plus, ce que Will lui racontait était complètement déraisonnable, peu scientifique et contraire à toute logique.

Pourtant, Fox l'écouta. Il ne pouvait l'expliquer, mais ce jeune garçon l'intriguait et touchait son cœur. Son enthousiasme était impressionnant et le surprenait. Comment expliquer que Will ait refusé toutes les offres du prince pour suivre l'Eole ? Il ne l'aurait pas fait si cela n'en avait pas valu la peine ! Il savait que Will n'était ni fou ni menteur... la seule raison qui restait plausible était que son discours au sujet du Souverain de la Montagne soit vrai. Mais c'était difficile à croire !

– Tu te souviens, lui dit Will, quand tu m'as dit que nous cherchions tous la paix de l'âme ? Eh bien, je l'ai trouvée ! Ce n'est pas une simple drogue qui me fait oublier mes soucis. C'est l'Eole qui prend soin de moi, m'écoute et guérit mes blessures !

Fox avait un cœur droit et honnête. Lui aussi était sincèrement en recherche de la Paix. Il avait toujours vécu à

Stella. Ses parents, de brillants scientifiques, avaient été rapidement repérés par le prince et s'y étaient installés depuis longtemps. Jeune, il avait tout naturellement suivi leur voie et s'était rapidement montré doué dans ce domaine. Cette ville lui donnait la possibilité d'améliorer les techniques médicales, de trouver de nouveaux remèdes et de repousser les maladies loin des murs de la cité. Ses parents lui avaient transmis leurs convictions humanistes et leur passion pour les Sciences. En revanche, ils considéraient tout ce qui concernait l'Eole comme de simples fables, qui n'existaient que pour aider les plus démunis à espérer en des jours meilleurs.

Fox, même s'il n'avait jamais recherché activement l'Eole, ne s'était jamais rallié à cet avis. Au fond de lui, il avait toujours souhaité que ces histoires sur l'Eole soient vraies. Evidemment, il n'avait pas osé avouer ce genre de convictions dans le monde qu'il côtoyait, car la plupart des scientifiques opposaient la Science et l'Eole. Il avait bien tenté de leur montrer qu'aucune expérience ne pouvait prouver leur hypothèse, mais sur ce sujet-là, les chercheurs se montraient bien moins rigoureux.

Après s'être fait ridiculiser quelques fois, il avait décidé de ne plus aborder le sujet tant qu'il ne pourrait prouver le contraire; ce qui s'était évidemment avéré tout aussi impossible. Pourtant, après chacune de ses expériences, il était stupéfait de la cohérence et de la perfection de ce qu'il découvrait. Il avait de plus en plus de mal à imaginer que le hasard puisse en être l'auteur. Il lui semblait toujours entrevoir un mécanisme récurrent, comme une signature; peut-être celle de ce Créateur méconnu: l'Eole.

Il décida de faire confiance à Will et lui demanda de lui expliquer en détail comment se rendre sur la Montagne. Il irait dès que son emploi du temps bien chargé le lui permettrait. Il lui prit ensuite le disque à graver qu'il avait dans les mains et lui dit :

– Si tout ce que tu m'as expliqué est la vérité, tu es en grand danger dans la ville et encore plus dans cette tour. Il te faut absolument partir avant que le prince ne te trouve. Il y a des caméras partout ! Je ne comprends déjà pas comment tu as pu arriver jusqu'ici sans te faire repérer.

Il prit Will dans ses bras, le serra fraternellement et finit par lui dire :

– Je ne sais comment te remercier d'avoir pris tant de risques pour moi ! Ne t'inquiète pas pour le Livre, je m'occupe de le copier depuis les archives, et je te rejoindrai à Kasov au plus vite. Maintenant, va-t'en avant que l'alarme ne soit donnée !

Will, malgré le danger et le stress, était très heureux pour son ami. Il arriva sans encombre aux ascenseurs et redescendit dans le hall. La porte s'ouvrit et il sortit rapidement sans un regard pour les gardes, qui ne lui portèrent pas la moindre attention. Il se dirigea ensuite vers les magnifiques jardins du hall et vit les grandes portes de la sortie.

Il pensait pouvoir échapper au regard des gardes en prenant soin de se dissimuler sous sa capuche, mais c'est alors qu'il reconnut le Troll qui avait enregistré sa voix pour les accès aux ascenseurs.

Will essaya de passer devant lui comme si de rien n'était, mais le Troll l'identifia et l'apostropha.

– Tu n'es pas Will?

– Oui, répondit-il timidement, vous avez enregistré ma voix quand je suis venu avec le prince l'autre jour.

– Tu veux parler du jour où un espion s'est infiltré parmi nous et a forcé nos troupes à attaquer les Elfes? Du jour où notre technologie a, comme par hasard, permis à nos ennemis de se protéger contre nous? fit le garde, menaçant, en s'approchant de Will.

Sa stature, sa musculature saillante, ses cheveux de jais et ses yeux d'un brun profond lui rappelèrent pourquoi on surnommait ce peuple les «loups». Will baissa rapidement le regard. Ce Troll n'avait probablement que quelques années de plus que lui, mais il avait incontestablement l'autorité d'un chef de meute.

– Explique-moi comment le champ de force, la toute dernière invention de la cité que tu as toi-même fabriquée, a pu se retrouver dans les mains des Elfes! Et cela, justement au moment où nous les attaquions!

Décidément, Will ne s'était pas fait arrêter par n'importe quel membre de la sécurité. En plus d'être bien bâti, il était clairement futé. Ce Troll semblait avoir du flair et ne pas lâcher le morceau tant qu'il tenait une piste!

– Je doute que les Elfes aient pu mettre un prix plus élevé que le prince sur ton prototype. Alors, dis-moi ce qui t'a incité à trahir les tiens?

Will n'avait aucun argument que le Troll puisse comprendre. A ses yeux, il avait trahi le prince, qui lui avait pourtant ouvert les portes de la tour dorée. Que pouvait-il répondre à cela?

– Tu ne garderas pas le silence bien longtemps, reprit le Troll qui le tira par le col, à l'écart, dans une petite alcôve.

Will frémit, l'interrogatoire musclé allait commencer. Tendu, il n'arrivait plus à respirer. Il ferma les yeux, prêt à s'évanouir au premier coup de poing. Quand, soudain, une lumière éclatante aveugla le garde. Will vit que sa perle s'était mise à briller, foudroyant le Troll qui, paralysé, se protégeait les yeux.

Will était sur le point d'en profiter pour s'enfuir, quand soudain, des images se mirent à défiler dans sa tête. Elles lui montrèrent une vie faite de souffrances, de guerres et de violence. En parallèle, des sentiments de tristesse intense et d'abandon le submergèrent. Il se rendit alors compte qu'il ne voyait pas des épisodes de sa propre existence, mais que l'Eole lui donnait de connaître la vie du Troll. Son cœur se serra face à tant de souffrance et de détresse.

La lumière s'adoucit, et le soldat, livide, reprit lentement ses esprits.

– Pourquoi ne t'es-tu pas enfui? demanda le Troll en se frottant doucement les yeux.

Will lui laissa le temps de se ressaisir et lui dit:

– L'Eole m'a montré votre souffrance...

Le Troll le regarda, interloqué.

– C'est impossible... l'Eole n'existe pas...

– ...et pourtant, votre souffrance et la lumière de ma perle sont bien réelles...

C'est alors que Will entendit le Souffle lui murmurer un nom:

– Roy… fit-il doucement.

Le garde plissa les yeux, essayant de comprendre comment un Humain pouvait connaître son nom d'enfance. Il ne l'avait révélé qu'à ses plus proches amis. Ce prénom lui était cher. Il ravivait les quelques fugaces souvenirs d'un bonheur lointain. Il le murmurait parfois, quand il était seul, essayant de se rappeler le son de la voix de sa mère et la chaleur avec laquelle elle le prononçait quand elle le berçait.

Ce nom, la tribu entière l'avait scandé au rythme des tambours pour son 6e anniversaire, lors de cette soirée magnifique et mémorable, où le chef du clan, son père, lui avait tatoué l'insigne tribal sur l'épaule droite. Il revoyait assez clairement la pleine lune briller intensément dans le ciel, mais, malgré ses efforts, le visage de son père restait flou. Cependant, il ressentait encore sa fierté quand il prononça ce nom à la fin de la cérémonie. C'était le seul souvenir qu'il conservait de sa vie à la forêt Noire, au nord du village de Kasov. Ce nom représentait toute son identité de Troll.

– L'Eole connaît votre vie, reprit Will doucement. Le Souverain souhaite apaiser votre souffrance et vous libérer du joug du prince dont vous êtes le prisonnier.

– Je n'ai pas à être libéré du prince, fit Roy tendu. Il m'a recueilli, avec mes camarades, quand notre forêt a brûlé. Il est comme un père pour nous. Tu pensais vraiment que j'allais avaler toutes tes histoires ? Tu aurais mieux fait de t'enfuir et de sauver ta peau, plutôt que d'essayer de soulever le chef de l'armée contre le prince de la cité…

Le chef de l'armée… rien que ça… Will pâlit.

Il se rendait compte qu'il était toujours, aux yeux de Roy, un traître en sursis. Et il ne voyait pas comment lui révéler la vérité sans se mettre lui-même en danger.

– N'avez-vous jamais cherché à savoir pourquoi le prince n'a sauvé que des garçons? demanda-t-il finalement avec prudence, dans un ultime espoir de convaincre le Troll. N'y avait-il aucune fille dans cette forêt en feu?

Roy en eut le souffle coupé: comment avait-il pu écarter un détail aussi criant de vérité?

– Je suppose que vous n'ignorez pas que ce ne sont pas les flammes de l'incendie qui ont laissé ces cicatrices sur votre épaule droite? ajouta Will avec un peu plus d'assurance, tout en observant Roy.

Le Troll semblait se débattre contre ces nouveaux arguments logiques qui contredisaient les pensées insufflées par le prince depuis tant d'années. Tantôt tout lui semblait clair, et tantôt tout s'obscurcissait à nouveau. Il lui était impossible de concevoir que le prince, qu'il servait si fidèlement, ait pu le kidnapper! Pire, qu'il ait pu commanditer le meurtre de toute une tribu en mettant le feu à la forêt!

Il regarda ce qui restait de son tatouage... le prince avait-il consciemment voulu que les Trolls oublient jusqu'à leur origine?

– Il vous faut chercher la vérité, dit Will. C'est seulement ainsi que vous trouverez la liberté. Car c'est la vérité qui vous rendra libre.

Puis il se tut un instant afin que Roy puisse assimiler cette importante révélation qui lui avait clairement été soufflée par l'Eole.

Ensuite, il ajouta :

– Certains événements vous concernant sont inscrits dans un registre de la grande bibliothèque de la ville. Même si l'accès est interdit aux Trolls, j'imagine que, vu votre entraînement, aucune porte ne vous est réellement fermée...

Le Troll, trop perdu dans ses réflexions pour démêler le vrai du faux, ne fit pas attention au compliment de Will. Le jeune garçon se dit alors qu'il était peut-être temps de s'éclipser pendant qu'il le pouvait encore.

Mais à peine avait-il fait mine de partir, que le Troll le retint par le bras. Ils se regardèrent droit dans les yeux. Will sentait la tension monter entre eux. Il ne pourrait pas partir sans l'accord du Troll, et celui-ci ne pouvait pas, même s'il le souhaitait, laisser s'échapper un traître.

Ce n'était pas la première fois que Roy avait des doutes sur les ordres à exécuter. En tant que soldat, il avait obéi bien souvent en faisant taire sa conscience. Will était clairement un ennemi du prince, mais devait-il le livrer à celui qui, peut-être, avait fait massacrer son village ? Ne devait-il pas plutôt croire que l'Eole existait et accepter la possibilité de changer de chemin pour sa vie ?

Les paroles que Will venait de prononcer et le nom « Roy » par lequel il l'avait appelé firent naître dans le cœur du soldat un espoir qui vint comme fissurer le grand mur qui s'était élevé et qui avait assombri sa vie. Il percevait désormais un rayon de lumière, une ouverture vers un autre chemin.

Soudain, l'alarme de la tour sonna. Des gardes arrivèrent et dirent à Roy :

– Il y a eu une explosion à l'étage des Sciences. Un labo a pris feu !

Roy lança à Will un regard entendu.

– Ce n'est pas moi, fit remarquer Will. J'ai un alibi.

Etre avec le chef de l'armée était ce que l'on peut appeler « un bon alibi ».

Roy lui jeta un dernier regard, avant de le lâcher en lui lançant :

– Il semblerait que ce soit ton jour de chance...

Will partit sans demander son reste, remerciant secrètement Fox d'avoir couvert ses arrières !

Les gens se bousculaient déjà pour sortir de la tour, et Will faillit trébucher sur les escaliers. Tout transpirant, il arriva enfin sur la place du marché. Il était en vie et... c'était tout ce qui comptait.

Il traversa la place du marché, où les artisans laissaient la place aux diverses activités culturelles qui rythmaient les nuits de Stella. Il devait se dépêcher, car il ferait bientôt nuit, et le chemin pour se rendre à Kasov n'était pas éclairé. Le contraste entre la pénombre qui allait bientôt recouvrir l'Armel et les rues toujours éclairées et animées de Stella lui fit prendre conscience de tous les artifices que le prince mettait en place pour garder les habitants captifs de sa cité. En effet, la nuit, Stella brillait comme un petit soleil au centre de l'obscurité de l'Armel. Cela incitait ses habitants à demeurer dans ses murs rassurants. Quant aux voyageurs, ils se laissaient attirer par cette étoile, tels des papillons vers une lampe sur laquelle ils finiraient par se brûler les ailes.

Un hennissement le fit sortir de ses réflexions, des malfrats étaient en train de lui voler son pur-sang. Quel idiot: lui, l'inventeur du dôme antivol, n'en avait même pas conservé un pour lui! Tout en courant vers son cheval, il songea que son dôme se vendrait certainement comme des petits pains dans cette ville remplie de voleurs. Les trois gaillards étaient baraqués et bien plus costauds que lui. Heureusement, il n'eut pas à les faire fuir, car l'étalon leur envoyait de telles ruades, qu'ils perdirent patience et s'enfuirent rapidement en maudissant la bête.

Will calma le cheval, le détacha et marcha tranquillement à côté. Lorsqu'il arriva à la porte de la ville, les gardes s'étonnèrent de le voir sortir de la cité à cette heure tardive. Même s'ils savaient que certaines affaires ne se marchandaient que dans la pénombre du dehors, les gens entraient généralement pour chercher un abri dans la ville. Ils reconnurent «Will l'inventeur», et n'ayant reçu aucune instruction à son encontre, ils le laissèrent passer. Will remercia intérieurement Roy, le Troll, de ne pas avoir donné son signalement. Leur discussion semblait l'avoir fait réfléchir sur sa loyauté au prince.

Will galopa rapidement jusqu'à Kasov, rempli de joie à la pensée de bientôt revoir les siens. Arrivé à l'entrée du village, il dut ralentir au petit trot. Les villageois n'étaient pas encore endormis à cette heure, mais le calme régnait déjà dans les rues. Les boutiques étaient fermées et les lumières des maisons étaient allumées. Derrière les rideaux brodés, on pouvait distinguer les silhouettes des villageois encore attablés ou couchant leurs enfants. En traversant le village, il croisa encore quelques artisans qui, s'étant arrêtés au bistrot après leur travail, ne rentraient que maintenant chez eux. Ils égayaient les rues de leurs chants, mais sa nouvelle clairvoyance lui permettait désormais de voir au-delà des apparences: malgré la joie de la scène, il se rendait compte que leur salaire de la journée n'allait pas servir à nourrir leur famille! Il était ravi de retrouver son village, mais le voyait sous un jour nouveau. Autrefois, il aurait certainement ri en les voyant ou aurait haussé les épaules, mais aujourd'hui, le cœur de l'Eole battait en lui, et il ne pouvait plus fermer les yeux sur le mal qui s'insinuait chez ses semblables.

En sortant du village, il repartit au galop; il était si près de chez lui!

Il avait tellement hâte d'entendre à nouveau le rire de ses sœurs, de goûter aux galettes que préparait sa mère et de passer du temps avec son père! Il se réjouissait même d'aller pêcher; c'est dire comme son père lui manquait!

Il ne les avait quittés qu'une dizaine de jours auparavant, mais il lui semblait que cela faisait une éternité! Il avait tant de choses à leur raconter: la rencontre avec les Elfes et les Nains, ses combats pour atteindre l'Eole, les aventures vécues à Stella et... peut-être même l'épisode de la jolie Nymphe rencontrée dans la forêt.

Il avait hâte de pouvoir leur présenter ses nouveaux amis, et il était heureux que sa famille puisse reconstruire des liens avec les Elfes. Il avait d'ailleurs déjà une petite idée pour simplifier le trajet jusqu'à leur village. Il imaginait un moyen de les rejoindre sans devoir passer ni par les falaises ni par Stella. Le plan d'un téléphérique qui leur permettrait de passer au-dessus des marécages germait dans son esprit.

Will l'inventeur avait déjà des projets plein la tête !

Il avait trouvé son identité au sommet de la Montagne et, depuis, son chemin de vie s'ouvrait devant lui. Il avait maintenant acquis la certitude qu'il pourrait s'épanouir aussi bien à Kasov qu'à Stella, ou partout ailleurs. Peu importait où il se trouvait, il avait l'assurance que l'Eole était à ses côtés !

C'est alors qu'il vit sa maman...

ÉPILOGUE

Quand je vis mon fils arriver au loin à cheval, mon cœur bondit de joie. Je remarquai instantanément qu'il avait changé. Certainement, il avait pris quelques centimètres de plus, mais ce qui le métamorphosait, c'était son visage radieux. Il rayonnait comme un soleil, alors que la nuit venait de tomber. Nul besoin de voir sa perle pour avoir la certitude qu'elle brillait. Mon âme s'émut à la pensée qu'il avait rencontré l'Eole.

Je courus vers lui et le pressai de rentrer pour nous raconter tout ce qu'il avait vécu. Ce n'est que très tard dans la nuit qu'il termina le récit de ses exploits, de ses rencontres et des défis qu'il avait dû relever. Il nous parla en rougissant d'une certaine Liliane qui l'avait sauvé dans la forêt des Nymphes, mais aussi de plusieurs Elfes: Jared, Kaleb, Alvira et Jehiel. Je fus particulièrement fière d'apprendre qu'ils avaient eu le courage de chasser les loups de leur village. Et je me réjouissais déjà de pouvoir les revoir, afin de retrouver avec eux des liens fraternels.

Will offrit son pur-sang à Claire, qui sauta de joie et lui trouva rapidement un prénom: « Twister ». Il promit aussi à Flore de faire une revanche à la course d'obstacles. Mais cette fois, sans tricher!

Quant à nous, nous avions aussi un cadeau à lui offrir pour son retour. Mais nous avons bien ri, quand nous avons compris que le «discobole» dernier cri que nous lui avions acheté à grands frais était son invention!

Les jours suivants, Will continua de créer quantité de nouveautés qu'il marchanda au village. Puis, avec l'aide de son ami Fox, ainsi que de plusieurs érudits venus de Stella, il put ouvrir une école de Sciences à Kasov. Ensemble, ils y enseignèrent, permettant ainsi à plusieurs jeunes Kasoviens de rester au village pour étudier. Fox ramena également les récits du livre des Origines. Avec Will et quelques villageois, ils bâtirent une nouvelle bibliothèque informatisée et y entreposèrent les textes sacrés, afin que tous puissent y avoir accès facilement. Beaucoup de Kasoviens les lurent et, ayant été touchés par le Souffle, ils décidèrent d'aller à la rencontre du Souverain sur la Montagne de Feu.

Ainsi, plusieurs mariages avec des Nymphes furent célébrés, emplissant le village de rires, de chants et de danses joyeuses.

Je sentais que Will attendait patiemment que l'Eole l'appelle à son tour... Puis, une nuit, il fit ce rêve qui invite celui dont la perle brille à rejoindre sa bien-aimée dans la forêt des Nymphes. C'est ainsi que Will partit retrouver celle qui avait fait battre son cœur au premier regard: la ravissante Liliane...

Mais ceci est une autre histoire.

Sa vie ne faisait que commencer. Le chemin qui s'ouvrait à lui promettait d'être beau et épanouissant! Dorénavant, il n'avait plus à craindre les obscurs sentiers, car dans ses yeux brillait la lumière de Celui qui avait les clés de la Vie, de Celui qui demeurerait à jamais dans son cœur: l'Eole.

J'espérais que chacun de mes enfants découvrirait ce Souffle de vie et qu'Il deviendrait pour eux ce qu'Il avait toujours été pour moi.

En fermant les yeux, je repensai au jour de mes vœux. Je souris. Avec douceur, les paroles de l'Eole me revinrent en mémoire.

«Tu es belle comme un lys blanc et tes yeux brillent comme la lune. Ne crains pas de marcher sur des chemins obscurs, car j'ai mis mon Esprit dans tes yeux, ils verront le chemin que tu dois suivre.»

UN MOT AUX LECTEURS

Chers lecteurs, j'espère que ce voyage vous aura plu et qu'il aura suscité en vous quelques réflexions. Car, vous l'aurez compris, cet univers fantastique n'est qu'un reflet du nôtre…

C'est à l'occasion du baptême de mon fils que j'ai eu à cœur d'écrire ce livre, afin de lui faire connaître un bout du chemin que j'avais parcouru avec mon Créateur lorsque j'avais son âge. Nous rencontrons tous bien des obstacles sur notre route, mais quels que soient les détours, l'essentiel est d'arriver à destination.

Si vous avez apprécié ce récit, l'aventure continuera avec Flore et Claire : deux volumes qui viendront compléter celui-ci pour former une trilogie !

Flora Rose
flora.rose@bluewin.ch

REMERCIEMENTS

Je suis particulièrement reconnaissante à mon mari qui m'a accompagnée dans cette aventure et m'a permis d'améliorer mon texte.

Merci à mes trois enfants, pour leur enthousiasme et leur complicité.

Merci à mes amis lecteurs, Nathaly, Eric et Christiane, qui m'ont richement encouragée.

Merci à mon éditeur, Christophe, pour sa confiance.

Et merci à vous, chers lecteurs, qui vous êtes laissé enrichir par ce voyage...

AUTRES OUVRAGES À DÉCOUVRIR

Identité secrète, Béatrice Maré

Alba est envoyée incognito de Rome à Jérusalem par son père, un haut responsable de l'empereur, car de lourdes menaces pèsent sur sa vie.
Dans son nouvel environnement, la jeune Romaine passe pour être la fille d'un prisonnier, ce qui lui vaut le mépris de certaines personnes. Heureusement, elle peut compter sur le soutien de ses nouveaux amis, Julius et Cléa. L'envie de révéler sa véritable identité est souvent très forte, mais elle doit se taire. Il y va de sa sécurité. Est-elle à l'abri du danger pour autant ? Pas si sûr !
Une histoire captivante, où l'on voit que Dieu répond aux prières... parfois de façon surprenante !
288 pages – ISBN 978-2-88913-088-7

Dernière récréation, Marie Theulot

Clémence s'apprête à prendre sa retraite, elle va siffler la fin de sa dernière récréation. C'est l'occasion pour elle de se rappeler quelques épisodes marquants de sa carrière dans l'enseignement, entre remarques cocasses d'enfants, drames familiaux et apprentissage du vivre ensemble. Des souvenirs pleins de tendresse et, parfois, de questionnements sur la place des convictions et croyances personnelles dans les classes. A savourer sans modération!

132 pages – ISBN 978-2-88913-032-0

Un cheveu sur le cœur, Jean Barthaburu

Il est français et travaille pour une société de BTP. Elle est russe et fait ses études en France. Un jour, contre toute attente, leurs chemins se croisent. Dès lors, leurs destinées sont inévitablement liées, même si les circonstances de la vie, notamment un séjour au Burkina Faso et un enlèvement par des terroristes d'AQMI, risquent de les séparer à jamais...

420 pages – ISBN 978-2-8260-2027-1

Sales baraques, Marie Theulot

Qui dit «camp» et «Deuxième Guerre mondiale» pense immédiatement Allemagne, Est, territoires lointains. Pourtant, en France aussi, des camps «d'accueil» ont existé, où l'être humain a dévoilé toutes ses facettes. Des lieux où l'on a été enfermé injustement. Où l'on est mort. D'où l'on

est parti vers la mort. Dans ce contexte, certains ont su réagir pour apporter tout le soulagement possible à leurs frères et sœurs en humanité.
Sales baraques, c'est l'histoire des hommes et femmes enfermés à Gurs dans les Pyrénées-Atlantiques. C'est aussi celle d'une Jeanne Merle d'Aubigné, d'une Madeleine Barot ou d'un Charles Cadier, que leur foi a empêchés de rester sans réaction. 256 pages – ISBN 978-2-88913-014-6

A la recherche de Shéïda, Anne Cattaruzza

Lorsqu'elle apprend quel sort terrible attend Shéïda, une jeune femme qui lui est totalement étrangère, Eléna ne peut rester indifférente. Au mépris de tous les risques, elle quitte son Canada natal et se rend à l'autre bout du monde pour tenter de la sauver. Y parviendra-t-elle? Qu'apprendra-t-elle au cours de cette aventure? A vous de le découvrir dans ce thriller actuel.

312 pages – ISBN 978-2-8260-2012-7